ただ生きていく、それだけで素晴らしい

五木寛之

Itsuki Hiroyuki

PHP

まえがき

人は、誰しも悩みや苦しみを抱えて、人生を歩んでいます。

振り返ってみますと、私の人生も悩みと苦しみの連続でした。何度も鬱《うつ》状態に陥《おちい》りましたし、苦しくて動けなくなり、作家活動を休止したこともあります。

「生きる」ということは何と苦しいことか、投げ出してしまいたい――そう思ったことも一度や二度ではありません。しかしそのたびに不思議と私は踏みとどまり、どうにか生きのびてきました。

そんな中で、数年前から、私は「生きる、それだけで十分奇蹟《きせき》ではないのか」と思うようになったのです。

「なぜ」「どうして」「どうやって」生きているのか。そうした問いかけすら必要ないのではないのか。

私はどちらかと言えばシニカルな気質の人間ですが、このことに気づいた時、胸が熱くなる思いがしました。当たり前だと言われてしまうかもしれませんが、それでも、改めて皆さんにお伝えせずにはいられない。ただ生きていく。それだけでもう十分に素晴らしいのではないか、とひそかに感じたのです。

とはいえ、苦しみがなくなったというわけではありません。

「生きる」ということは、常に苦しみとともにあります。歳《とし》を重ねれば少しは楽になるだろうと若いころには考えていましたが、残念ながらそんなことはありませんでした。歳を重ねようと状況が変わろうと、私は今も悩み、苦しいと感じ続けています。

しかしこの苦しみさえ、人生の大切な瞬間だと思えるようになりました。苦しみは喜びを生み、悩みは発見の母となります。どちらがいい悪いではなく、この瞬間全てが愛《いと》おしい人生そのものなのです。

私は今年八十四歳になります。おそらく本書を手に取ってくださったほとんどの方が、私より年下ではないかと思います。

年上だからとえらぶるつもりはありませんが、少し長く生きてきた人間として、悩みや苦しみとともに生きていく方法については一日《いちじつ》の長《ちょう》があるかもしれません。そう考えてつたない言葉をまとめてもらうことにしました。

このささやかな一冊が、皆さんの日々の一助になれば、これ以上嬉しいことはありません。

五木寛之

ただ生きていく、それだけで素晴らしい　目次

第1章　立ち止まってしまったあなたへ

第2章　生き抜く工夫

第3章
不安も悩みも、「私」の一部

第4章　いのちを生ききる

第1章
立ち止まってしまったあなたへ

生きる

生きる「目的」を意識しすぎない

「生きる目的がわからないんです」

私の講演会では、まれにですが、最後に質疑応答のコーナーを設けることがあります。そのとき、こんなふうにおっしゃる方が少なくありません。

私はその方に、「生きるうえで目的は、果たして必要なんでしょうか？」と問い返します。なぜならこれまで生きてきた中で、そういったものはないんじゃないか、とひそかに感じているからです。そして目的がなくても、生きているだけでもう十分に素晴らしいと心の中で思うのです。「生きる」とは、それだけで奇《き》蹟《せき》と言ってもいい。

「一本のライ麦」の話をしましょう。アメリカの生物学者、アイオワ大学のディットマー氏が行った、実に面白い実験の話です。

小さな四角い箱に土を入れ、一粒のライ麦の種を育てます。水をやりながら四カ月ほどしますと、ライ麦の苗がヒョロヒョロと育ちます。小さな箱で栄養も足りないんでしょう、ひ弱で頼りない様子で、もちろん穂も大きく育ちません。

その頼りない苗を箱から出して、土を払い落とし、根がどれくらい育っているかを物理的に計測します。見えないほど小さな産毛《うぶげ》のような根毛《こんもう》も顕微鏡《けんびきょう》で計測しますと、なんと全部で約一万千二百キロメートルもあったというのです。

たった一本のライ麦が小さないのちを支えるために、一万キロメートル以上の根を土の中に張りめぐらしていた……。そこから必死の思いで栄養分を吸い上げながら、その小さないのちを保っていたのです。生きているということは、実はそれだけの目に見えない根によって支えられているということです。

小さなライ麦でさえそうなのです。私たちはライ麦よりも複雑で大きいうえに、何十年と生きていきます。もっともっと長い根がこの宇宙に張りめぐらされて、私たちを生かしてくれているのではないでしょうか。その根の広さ、大きさというものを考えると、気が遠くなるような気がします。

人間は、自分で生きているつもりでいても、自分だけで生きているのではない。一個の人間として生きるために、気がつかないところで大きなエネルギーを消費しながら、今日一日を生きているのです。そう考えますと「生かされている自分」と言うことすらおこがましい気がしてきます。

「生きている」。それだけで十分なのではないのか。

もちろん生きる目的や目標を持ち、何かを達成することは素晴らしいことだと思います。しかし、達成できなくても素晴らしい、そう考えてほしいのです。

私たちは生きているだけで価値のある存在です。生きるというだけですでに様々なことと闘い、懸命に自己を保ち、同時に自然と融和している。悩みのたうちながら、毎日を生き抜いている。そんないのちの健気《けなげ》さを思うと感動を覚えます。まずあなたのいのちの健気さを、自分自身で認めてあげてほしいと思うのです。

ただ生きていく、
それだけで素晴らしい。

自分といういのちがここにあるという奇蹟。
まずそこに立ち返りましょう。

人生の意味

われあり。ゆえにわれ求む

ただそこに生きているだけで、充分奇蹟《きせき》だ——そう思いながら、それでも「人生に目的を持って生きたい」と願ってしまうのも、いかにも人間らしいこころの動きなのではないでしょうか。

ひょっとしたら人間とは、そう求めずにはいられない生き物なのかもしれません。つまり、ついついそう考えてしまうのは、生まれた川へ戻ってくる鮭《さけ》や渡り鳥のように、一種の〝本能〟に近いものなのではないでしょうか。そんなふうに思いをめぐらしていると、ふとメーテルリンクの『青い鳥』を思い出しました。

『青い鳥』は幸福の象徴である青い鳥を探して夢の中を旅する兄妹《きょうだい》の話ですが、意外な結末に驚く人も少なくないでしょう。最終的に、青い鳥は、自分たちの部屋の片隅《かたすみ》に置かれた鳥籠《とりかご》の中にいたことがわかる。しかし、ようやく見つけたと喜び、籠から出して手に握ろうとした瞬間、飛び去ってしまうのです。

メーテルリンクは、「世の中にはそんなに絵に描いたようなよいことばかりではない。人生には何とも言えないつらいこともある。青い鳥のように、それだけを捕まえればすべてうまくいくというようなことは世の中にはない。人間は一人一人、自分の手で自分の青い鳥を見つけなければならないのだよ」、そんなことを伝えようとしているのかな、と思います。

この青い鳥は幸福の象徴ですが、「目的」と置き換えてもいいかもしれません。自分がここに生きる目的、意味を知ることができたらどんなにいいでしょう。またはその目的を摑《つか》み取れた、達成できたとしたら、どうでしょう。やはり『青い鳥』と同じような結末になるのではないか。

「達成できた」と喜び、手を伸ばして摑み取ろうとしてみたら、その青い鳥は飛び立ってしまう、ぱっと霧散《むさん》してしまうものなのではないかと思います。

このように「人生の目的」というのはあまりにも大きなテーマで、そう簡単に見つかるものではない。一方、確実に見つかるのは「目標」です。自分では気づかないかもしれませんが、ほとんどの人が目標を持っています。お金を稼ぎたい、恋人がほしいといったことや、さらに身近なところでは、どこどこの○○が食べたい、そんなことも細《こま》やかな目標と言っていいと思います。

この「目標」は達成されたらそこで終わります。達成したという満足感は残るかもしれませんが、時間とともに薄れて、ほのかな記憶の一つになっていきます。しかし「目的」は色あせません。その正体もよくわからないのですから、失われることもありません。そこが目的と目標の違いでしょう。

「人生の目的」とは自分一人の目的、世界中の誰とも違う自分だけの生きる意味を見出《みいだ》すことです。そのためには生き続けなければなりません。生き続けて人生の目的を明らかにしようと求め続けるのです。

「われあり。ゆえにわれわれ求む」。私はそう考えています。

人生の目的を求め続ける、それこそが人生。

時に目標を持ち、達成し、時に見失う。
それが人間という生き物なのです。

光と影

「ストレス」にはちゃんと意味がある

こころについて考える時、まず皆さんが思い浮かべる言葉の一つに「ストレス」があるのではないでしょうか。

ふだん私たちがストレスと呼んでいるものは、心理的、肉体的プレッシャーで生じるものです。私の場合で言えば、その最たるものが「締め切り」です。

この締め切りというのは、作家にとって大変なストレスなのですが、私はその真《ま》っ只中《ただなか》を、もう五十年以上生きてきました。

よくストレスは万病のもとであると言います。あらゆる健康法が、ストレスをなくすようにと言っています。けれどもストレスは、それほどまでに悪玉《あくだま》でしかない存在なのでしょうか。もしそうだとしたら、私などとっくの昔に死んでしまっていてもおかしくない。

しかし、私は生きています。毎日のように押し寄せるストレスにさらされ続けても、幸いなことに私は生きて、原稿を書き続けてきました。

締め切りというストレスは本当に辛《つら》いものです。しかし、このストレスがあったからこそ、私は仕事を続けてこられた。皆さんに読んでいただく文章を書き続けることができたとも言えます。そう考えますと、悪玉どころか善玉《ぜんだま》なんじゃないか。私はこのストレスに感謝しなければいけないかもしれません。

腸内にはたくさんの細菌が生きています。その中には悪玉菌と善玉菌がいて、この悪玉菌を減らして、善玉菌を増やすと、人間は健康になれるんだそうです。

そして、どちらでもない菌、環境次第で善玉にも悪玉にもなる日和見《ひよりみ》菌がいて、この日和見菌がどちらになるかで大勢《たいせい》を決すると言います。とはいえ、悪玉菌が完全にいなくなるということはありえません。腸内環境というのは、バランスで善《よ》い悪いが決まるわけです。

仏教でも同じような説があります。悪玉も善玉もない、その状況によって善玉にもなり悪玉にもなる。と同時に、もし悪玉をなくしてしまえば、善玉などという存在には意味がないと考えられています。この悪玉と善玉は、いわば光と影なのです。表裏一体で分けることはできません。

光がいいからと言って、影をなくすわけにはいかないのです。光が濃ければまた影も濃くなるのです。

ストレスが苦しみをもたらすとしたら、ストレスは「影」と言えるかもしれませんが、影は必ず「光」があって生じているのです。そう考えれば、ストレスはあったほうがいいのではないでしょうか。

この世界に生きている限り、ストレスはなくならない。これは真実です。だからストレスはあっていい。ストレスを感じるあなたは健康なのです。

むしろストレスはあったほうがいい。なぜならその先には、もしくはその裏には、光があるから。そう考えてみましょう。

影があるから
光がわかる。

ストレスは、あなたを支え、
人生を豊かにしてくれる大切な存在です。

力の源

「憂《ゆう》」と「愁《しゅう》」に支えられてこそ

私は、鬱《うつ》になる人は無気力だというのは間違いで、むしろエネルギーのある人だと考えています。「鬱」とは、もともとは草木が茂っていることを意味するのですが、いつの間にかそれが転じて、気がふさぐことを意味するようになりました。おそらくエネルギーが何らかの事情により出口を失い、内部にこもって発酵《はっこう》してしまっているような状態を言うのでしょう。

ではそのエネルギーの奥には何があるかと言えば、それは「憂」と「愁」という二つの感情ではないかと思うのです。

「憂」とは、外の世界に向けられるホットな感情を言います。「国を憂《うれ》う」「地球環境の乱れを憂える」など、そうした大きな感情です。

そして「愁」とは、体が人間の存在の不条理さ、苦の世界に生きているということを実感した時に、なんとも言えない思いが浮かび上がってくることを言います。体が哲学している、と言ってもいいかもしれません。「哀愁《あいしゅう》」「暗愁《あんしゅう》」と表現してもいいでしょう。

「暗愁」という言葉を初めて聞く、という人もいるかもしれません。今はほとんど使われなくなってしまいましたが、戦前までは非常に愛されて、大切に使われてきた言葉です。特に明治の文人墨客《ぶんじんぼっかく》はこの言葉をよく使いました。今で言う流行語のように当時は多用されていたのです。

明治と言うと、司馬遼太郎《しばりょうたろう》さんの『坂の上の雲』のような、近代日本の青春期といったイメージを持つ人とも多いと思います。古い時代が終わり、開国して世界へと飛び出していく日本。列強の中、封建国家だった旧来のカラを脱ぎ捨てて、短期間でのし上がろうとする日本。一見華々《はなばな》しいですが、実はそれほど劇的な変化を遂げたということは、「坂の下の雑草」が踏みにじられていく痛みも同時にあったはずです。明治の人たちが魅力的だと思うのは、おそらくその痛みというものもちゃんと知っていたと思うからです。

「涙を呑《の》んで」という漱石《そうせき》の言葉がありますが、当時、日本は植民地化されないためにも、近代化を急ぐ必要があった。そこで知識人の多くは、涙を呑んで、目を瞑《つぶ》って、西洋文化の猿まねと知りながら近代化を推《お》し進めていった。坂の下で踏みにじられている雑草の痛みを知りながらも、もう一度坂の下に下りていくということはできない。ここまできた以上、坂の上の白い雲を目指して坂を上り続けるほかない。しかし、坂を上り続けながらも雑草の痛みはわかっている。その痛みを身の内に持っているのです。だから「涙を呑んで」と言う。呑むべき涙というものがある。そんな明治人たちが好んで使ったのが「暗愁」という言葉でした。ただ単純に明るく豪快に坂道を上っていったわけではない。

そうした明治も終わり、日本は大正、昭和と列強に伍《ご》して富国強兵の道を進んでいきますが、その過程で徐々に日本人の気風が変わっていきます。

言うなれば「暗愁」といった部分――悲しむ、嘆く、暗い気持ちに沈潜《ちんせん》すると か、そういったことは役に立たないこととして脇に追いやられた。男の子は元気な兵隊になるために体を丈夫にしなければいけない。楽天的に前向きに進んでいかなければいけない。女の子は銃後《じゅうご》の戦士として強く明るく国を守らなければならない。こういう中でいつの間にか、「暗愁」は姿を消していきます。

そして戦後、日本人は焼け跡から、新しい国・経済を立て直すために「坂の上の雲」を目指して走り続けていきますが、明治維新の頃の〝坂の上を目指す疾《しっ》走《そう》〟と決定的に違うところがある。それは、「暗愁」に代表されるような〝湿り気のある感情がともにあるか〟という点です。

明治の人々のこころの中には暗愁があり、痛み、悲しみ、涙があった。前進しつつも「坂の下の雑草」に対する共鳴の気持ちがあった。だが涙を呑んでそれを捨てていったのです。

しかし昭和から平成を生きた私たちには、そういったことへの気づき、共鳴が欠けていたような気がするのです。憂う、嘆く、泣く、立ち止まるといった、湿り気のある感情を、触れると手が汚れるような、「悪徳」であるかのごとく嫌ってきた。そしてただただ明るい方へ顔を向けて坂を上ってきたのです。

しかしその間に、「暗愁」に代表される湿り気のある感情が私たちの中からなくなっていたかというと、そうではないでしょう。「本当はあるのに、ないふりをしてきた」と言ってもいいと思います。「ないふりをし続けていたら、ないと思うようになった」と言い換えてもいいかもしれない。

戦後五十年は「躁《そう》の時代」でした。そうした湿り気のある感情は認めない、なかったことになっていた時代です。しかし、内部で出口を失い発酵してしまったエネルギーが噴き出してきている。そして「鬱の時代」になった。そう考えますと、悲しみや不安や絶望といった、躁の時代に否定されてきたものこそが、新しい時代の希望や生きる強さをつくり出す「母」になるのではないかという気がします。

悲しみや不安や絶望が、希望への「母」になる。

不安を感じやすいと思ったら、
不安が次なるパワーの源になると考えてみましょう。

人間関係

人との付き合いは、淡く流れゆくもの

こころの苦しみや悩みの多くは、人との付き合いの中で生じてきます。人間は社会をつくって生きていく生き物ですから、当然と言えば当然です。

私はこれまで、人との付き合いは「淡く長く」を心掛けてきました。「人間は、最終的には一人である」という実感があったからかもしれません。人間の縁というのは密着しすぎると、非常に難しいことになるのです。

たとえば家族でもそうです。私には弟がいて、弟が健在だった頃にはしょっちゅう一緒に仕事もしていましたが、「兄弟は他人の始まり」とよく言っていました。

こう言うと、冷たい言い方に聞こえるかもしれませんが、つい生じる甘えを自覚するうえで、とても意味のある言葉だと思います。

兄弟でも他人であると思えば、しかるべき礼節も尽くさなくてはなりません し、「ありがとう」と御礼もきちんと言わなければなりません。そうしているう ちに、「ああ、他人ではない。兄弟だなあ」と、密接なつながりを実感する瞬間 があるのです。そうすると、兄弟ってなんてありがたいんだろう、とこころの底 から感謝が湧《わ》き上がります。

夫婦もそうです。もともと生まれも育ちも違う人間が一緒にいるわけです。い くら長く一緒にいようともそれぞれよくわかっていないことがあって当然なの に、いつの間にかわかっているはずだ、わかっていて当然だ、となってしまう。

肉親だから助け合うのは当たり前、夫婦だから愛し合うのは当然だという前提 に立ってしまいますと、そこに欲が出てきます。でも他人だと思えばそんな欲は 出てきません。

友人関係でも同じことが言えます。困った時に友達に助けを求めても、他人な んだから助けてくれなくても当たり前です。ところが、思いがけず手を差し伸べてくれたとしたら、それはほとんど奇蹟と言っていいようなことでしょう。そう考えて、「なんてありがたいんだろう」と思うほうがいい。

ですから私は、この人はすごく好きだ、友達になれそうだと思うと、かえって気をつけて、距離を保つようにしてきました。親しくなるのはいいのですが、少し距離を誤ると、どうしても甘えが出てきてしまう。

「こちらはこれだけしてやったのになんだ」「どうして理解してくれないんだ」、そんな思いが湧いてきてしまいます。ですから、「自分がそうしたいと思ってやったこと。それを相手が受け取ってくれてもくれなくても仕方がないことだ」と考えるようにしています。

荘子《そうし》は「君子の交わりは淡きこと水のごとし」と言いました。水のような付き合いでないと長くは続かない。人との交流というのは川のように流れていくほうがいいのです。そして遠くからお互いのことを思いやり、見守っているといった付き合いが一番良い友情の形ではないかと思うのです。

大切に思う人ほど
他人であることを忘れない。

親しき仲にこそ礼儀あり。
親しさの距離を間違えないようにしましょう。

「孤独」でいい。絆を安易に求めない

先日電車に乗った時、私の前に座っているほとんどの人がスマートフォンを熱心に覗《のぞ》きこんでいました。最近では、ラインやフェイスブックなどのSNS（ソーシャル・ネットワーキング・サービス）に費《つい》やす時間が多いと聞きます。恐ろしいのは「既読《きどく》スルー」だそうです。そのためにできるだけ早く反応しなければならない、一刻の空白も許されない世界。話を聞いているだけで、気が疲れてしまいます。

それだけ人とのつながりを求めずにいられない、つながることで、誰か（他者）に自分を認めてほしい、そんな気持ちが強いのでしょう。

しかし、一人でいるということ、「孤独」とはそんなに良くないことでしょうか。私は必ずしもそうとは思えないのです。

東日本大震災以降、「絆《きずな》」という言葉がクローズアップされ、連帯していく大切さが叫ばれました。しかし、この「絆」という言葉を聞くと、私はどうもすっきりしない気持ちが湧いてきてしまいます。というのも、「絆」という言葉は、もともと家畜などを逃がさないように拘束しておくための綱が語源です。ですから本来、「絆」は心強いことでも、あたたかい言葉でもない。ある意味では、とても厳しい言葉です。

私の少年・青年時代には、あえて求めなくても「絆」というものがたくさんありました。地域の絆、家の絆、肉親の絆……。がんじがらめだった当時の私たちにとっては、そんな「絆」から解放されることが、一つの夢だった。そんな時代があったのです。絆を良くないもの、と言っているわけではありません。しかし、「絆」をあたたかくて良いものだと思いすぎるのはどうでしょう。

ＳＮＳも、いわば新しい「絆」と言えるのではないでしょうか。しかし「絆」の中にあっても、孤独でないとは限りません。「広場の孤独」と言いますが、一人山にこもるような孤独ばかりではなく、集団の中だからこそ強く感じる孤独感というものもあります。

人間とは、死ぬ時にはどんな人でも一人。本来孤独なものです。今、そうしたことをちゃんと認めたうえで、「孤独な人間」同士の絆というものをつくらなくてはならないのかもしれません。甘えた気持ちだけで、自然発生的な人間の絆という連帯のようなものを求めすぎるのはとても危険です。

直接的にしろ間接的にしろ、私たちは人々の間に生き、活動を続けます。その中で、自分が孤独であることを自分なりに認識し、しかもその孤独に耐える力を育てていくということが、今の私たちには大切なことなのです。

仏教の開祖ブッダは、生まれてすぐ「天上天下《てんじょうてんげ》唯我独尊《ゆいがどくそん》」と言いました。この言葉は「自分が尊い」ということよりも「独尊」という点に大事な意味が込められている気がします。人はその存在を、他者に保証されなくても尊い。この世界を生きている、そのことだけですでに十分に価値があるのかもしれません。

あなたの価値は、他者に保証されなくていい。

人間は、一人で生きるものです。
孤独を恐れすぎないようにしましょう。

面授

立ち止まってしまったら

人生には、どうしても立ち止まってしまう時があります。

私にも、何度もそんな時がありました。特に深刻だったのは、四十代の終わりから五十代にかけてのこと。かなり深刻な鬱《うつ》状態に陥《おちい》ったのです。作家としてそれなりの評価を受け、周囲からは順風満帆《じゅんぷうまんぱん》に見えたかもしれない。それでも、自分自身の中では、どうにもならないようなこころの状態で、とにかく一度立ち止まり、清算する必要があると考えました。そして東京での仕事をすべてやめ、京都に移住し、聴講生として龍谷《りゅうこく》大学へ三年ほど通いました。

龍谷大学は浄土真宗《じょうどしんしゅう》が設立した「学寮《がくりょう》」を起源とした大学です。浄土真宗の宗祖は親鸞《しんらん》ですが、私はかねてから親鸞、蓮如《れんにょ》といった浄土真宗の偉人に強い関心と共感を持っていました。なぜそれほど関心を持つのか、何かきっかけがあったのかとよく尋ねられるのですが、特に劇的なことはないのです。いつの間にか、というのが正直なところです。

あえて言うなら、親鸞を大切に思っている人たちとご縁があったからかもしれません。そして、その人たちの考え方、表情、肉声と身近に接して、「魅力のある人だなあ」「素晴らしい人だなあ」と思い、その魅力ある人が大切にしている親鸞とはどういう人なのか、と思うようになった。親鸞の人となりや生き方をその人を通して感じていたのではないかと思います。もし書物から入っていたら単なる知識で終わって、こころまで引き込まれなかったかもしれない。

仏教には、「面授《めんじゅ》」という言葉があります。もともとの意味は、面と向かって口伝えに仏の教えを伝えることですが、このことは仏教だけに限ったことではない気がしています。本やインターネットで読むだけではなく、実際にその人に会いに行く、肉声を聞くということは、とても意味のあることです。

私もこれまで、その世界の第一人者と言われる方々と対談する機会をいただいてきましたが、「これこそが、面授だ」と感じることが多くありました。お会いする前に一通り著作に目を通しますが、実際お会いしてみてようやく「わかる」ことのほうが多い。その人の表情、息遣い、肉声を聞き、その時・その場を共有して腑《ふ》に落ちるということがあります。頭で理解するだけでなく、全身で感じるものがある。このことが人間にとって大事なことなのです。

これは一対一でなければならないかというと、そういうことではありません。たとえば、憧《あこが》れている歌い手のコンサートでも、尊敬している人の講演会や講義でもいい。肉声を聞き、存在を感じ、その時をともにするという体験は、言葉にはならない大事なものを与えてくれます。

意味がわかろうとわかるまいと、ただ聞くだけでも意味があります。理屈ではなく、こころに染《し》み入ってくるものがある。こうした体験は言葉にならない力となって、思いもよらない一歩に導いてくれることがあるのです。

頭で考えすぎないで、こころの栄養をもらいに行こう。

尊敬する人、憧れている人の肉声を聞く。
その体験は代えがたい力を与えてくれます。

第2章

生き抜く工夫

生きる覚悟

ネガティブ思考から、真のポジティブ思考が生まれる

生きていれば誰しも、不幸な出来事や死にたくなるような情けない局面に直面することがあります。また、「泣きっ面《つら》に蜂《はち》」とはよく言ったもので、トラブルや不幸というのは重なるものです。そんな弱りきった時に「人生には無限の可能性がある」「夢は必ず実現する」といったポジティブ思考は何の役にも立ちません。自分に一生懸命言い聞かせても、頭に入っていかない。我を失うほどに次々と襲いくる不運という現実の前に、そのような言葉はまず響きません。

私はそんな時、徹底したネガティブ思考でしのいできました。「人生とは苦しみの連続である」と覚悟を決めるのです。

私は子どもの頃から何度も「どうして自分だけ?」とつらい思いを嚙《か》みしめる

ことがありました。

私は戦時中の生まれです。現在の北朝鮮・ピョンヤンで、十二歳の時に敗戦を迎えました。頼りにしていた母を失い、それまで正しいと思っていたことはすべてくつがえされ、目を覆《おお》いたくなるような悲惨な状況の中、九州に引き揚げてきました。引き揚げても住む家さえなかった。これをすべて身の不幸と思いました。

しかしよく考えたら、その当時私以上に不幸な少年はたくさんいました。片親どころか両親ともになくしてしまい、孤児となって満州《まんしゅう》から引き揚げてきた少年もいましたし、帰国できずにそのまま外地《がいち》に取り残された少年もいました。

「自分はましだ。もっとひどい状況のやつらがいるじゃないか」

そんなふうに考えて踏ん張った。今思うと、この頃の私は、最低のネガティブ思考に支えられていたと思います。

しかし、生きるということは、いつも喜びと幸せに溢《あふ》れ、春風に吹かれているようなものではありません。「誰がなんと言おうと、人生とはこういうものなんだ」と覚悟しました。生きるということは苦しみの連続だ、と。

そうすると、その諦念《ていねん》の底から、かすかに湧《わ》いてくる力がありました。「それしかないなら、引き受けるしかないな」という、「居直りのエネルギー」です。

私は、これこそ、真のポジティブ思考なんじゃないかと思うのです。ネガティブ思考を突き詰めていくと、いつか底を打ちます。するとそこから、新しい力が生まれてくる。このように、ネガティブ思考から生まれたポジティブ思考は相当に強いものです。捨て身で覚悟を決めたこころから生まれてきているのですから。

もしあなたに、次々と不運が襲ってきたら、無理にそれに対抗しないことをお勧めします。むしろそれを柔らかく引き受け、そして居直ってください。

居直るということは覚悟を決めたということです。すると、ちょっと味わったことのないようなパワーが湧いてくると思います。それが仄《ほの》かなものでも、あなたの覚悟という基盤から生まれた新しいエネルギーです。そのエネルギーを使って、あなたなりのポジティブ思考をしてみてはどうでしょうか。

不運が襲ってきたら、はね返すより居直るほうがいい。

「居直る」とは覚悟するということ。
新しいパワーが湧いてきた証拠です。

多様な生き方

生きる場所は、あなたが選んでいい

数年前から〝ノマド〟という言葉をよく耳にするようになりました。ノマドとは遊牧民、放浪者のことを意味します。ＩＴ機器をうまく活用し、オフィスだけでなく様々な場所で仕事をする人を「ノマドワーカー」と呼ぶのだそうです。

私は人生の大半を旅の中で過ごしてきましたから、こうした仕事のやり方はとてもよくわかります。移動しながら仕事をし、生活していく生き方が、多くの人によりやりやすくなったのかと思うと、生き方の選択肢が広がったようで、良いことなのではないかと思います。

意外に思われるかもしれませんが、このような生き方は新しいというわけでもないのです。もちろんＩＴなどのツールといった側面では革新的ですが、「非定住型」とも言うべき働き方・生き方は、いつの世にもあった大きな潮流です。人の生き方としては一つのスタンダードと言ってもいいでしょう。

歴史を振り返りますと、定住せずに暮らす人々が、日本にも多くいました。教科書ではあまり教えてくれませんが、たとえばサンカと呼ばれる人たち、遊行《ゆぎょう》者《しゃ》・遊芸民など様々な生業《なりわい》をしている人たちが、この列島各地を流動して暮らしていた。そしてあたかも体の中をめぐっているリンパ球のように、定住民の村や町を回遊していたのです。私はそういった動く人々によって、この日本列島の文化は広められて、活性化されていたのではないか、そんなふうに想像しています。定住民・非定住民、双方あっての日本文化なのです。

最近の日本は、何事も平均化し、お互いを監視し合うような傾向がありますが、それは、定住型的発想から生じているように思います。しかしそれは多様な日本文化の一側面でしかないのです。

また、一歩海外に出ると、これほど多様な生き方があるのかと驚きます。善悪の境さえも文化によって違いますし、評価されるポイントも異なります。あるコミュニティでは善行でも、他所《よそ》では歓迎されないなんてことはままあることです。

最近、ニュースや新聞を見ていてとてもこころが痛むのは、非正規雇用で劣悪な労働環境下にある真面目《まじめ》な若者たちが死を選んでしまうことです。

自分の価値がまるで認められない世界。追い詰められた精神状態の中、桁外《けたはず》れな労働時間やノルマを課せられる……。心身ともに痛めつけられて、暗闇《くらやみ》しか見えなくなってしまったんでしょう。しかし、それでも彼らに言いたいのは、もっと多様な生き方、働き方がある、なぜそこから逃げなかった……ということです。

すべてを投げ出してもいい。それで罵詈雑言《ばりぞうごん》を浴びても、笑われても構わない。四方が暗闇だと思ったらいっそ逃げ出して、ほかの世界を見てほしい。

あなたが苦しいのは、今いる場所の文化があなたに合わないのかもしれない。苦しくても踏ん張る、または自分を省《かえり》みることも時には必要でしょうが、必要でない時もあるのです。もっと自分が生きやすい場所を探してみましょう。

自分を周りに合わせる方法でなく、
自分に合う世界を探す方法もある。

世界は多様な生き方、考え方で溢れています。
苦しくなったら、一歩外へ踏み出してみましょう。

今を生きる

幸せも不幸せも大切な「人生の一瞬」

「幸せ」とは一体何か、そう問われたら、皆さんはどう答えるでしょうか。

愛する人とともにいること、美味《おい》しいものを食べること、勝負に勝つこと、だれかに褒《ほ》められること……。それこそ人それぞれだと思いますが、確かに、そのどれもが「幸せ」な瞬間だと思います。しかし、もしこの「幸せ」がずっと続くとしたら、どうでしょう。それを「幸せ」と感じられなくなり、もっと違う幸せがほしくなるのではないでしょうか。

一方、「不幸せ」とは何か。「美味しいものを食べること」と答えた人なら「美味しいものが食べられないこと」かもしれませんし、「勝負に勝つこと」と答えた人なら「勝負に負けること」かもしれません。まさに「幸せ」の裏返しが「不幸せ」。プラス面とマイナス面とも言えます。こうして並べてみますと、このプラス・マイナス両面あるのが〝人生〟だとわかります。その両方を行き来することこそ、生きるということなのではないでしょうか。

私は、十二歳の時に母を失い、そして終戦を迎えました。茫然自失《ぼうぜんじしつ》した父を支え、弟妹の親代わりを務めながら、一日一日を生き抜くために必死だった。

本当に情けなく、悲しいことがたくさんありました。人が人でないものになってしまうような現実も、時に目にしなければならなかった。しかしこの時、幸せな瞬間がなかったかと言うと、そんなことはない。たとえば、本がなかったあの時代、大変苦労して本を手に入れることができた時の、あの幸福感。そして最初のページをめくった時のあの高揚感。間違いなくあの時、私は幸せの中にあったと思います。今はどんな本でも自由に読むことができますが、あの時に感じた「生き生きとした欲望」は、今はもう感じられません。しかし、あの時の幸福感を再び取り戻したい、と思う必要はないとも思うのです。

一方、時にコンプレックスやトラウマの原因になるつらい体験をしてしまうことがあります。他人が見たら大したことでなくとも、本人にとってはずっとこころの底に居座り、その後の人生を支配するほどの大きな傷であったりします。

しかし、このような傷は、人が生きていくうえで、必ず生じてしまうものでもあるのです。ですから、それはそうと認め、そのまま受け入れてみましょう。無理にどうにかしようとしなくてもいいのです。そして同時に、その傷を得た時の自分に囚《とら》われる必要もありません。

過去のつらい体験が印象強く残っているのと同じように、幸せな体験も強く残ります。こころが弱くなると「あの頃は良かった」と思ってしまいますが、今はもう「あの頃」ではない。いくらいい思い出でも、それに囚われてしまうと、今の幸せをしっかりと受け取れなくなってしまうかもしれません。私たちは絶えず「今」を、「これから」をみたほうがいい。私たちは変化し続けているのですから。

幸せな体験も
囚われては毒になる。
前をみて、「今」を生きていく。

過去の自分を受け入れつつ、
過去に囚われないように生きましょう。

こころの
栄養素

感情のひだを刺激して、こころを元気づける

これまで私は何度も鬱《うつ》に陥《おちい》っていますが、中でも深刻な状態になったことが三度あります。一度目は四十代後半。いわゆる男の更年期《こうねんき》だと思うのですが、毎日がしんどくて仕方がなかった。その時、ふと始めた方法が自分にはとても効果がありました。私はこれを「歓《よろこ》びノート」と呼んでいます。一日の終わりに一つ、手帖に「今日歓びを感じたこと」を書き出してみるのです。

最初は大きな歓びを探そうとしてなかなか書けなかったのですが、ハードルを下げて、日々感じた小さな歓びを書き留めるようにしてみました。「いい天気で気持ちが良かった」といったたわいもないことばかりなのですが、書き留めることで、徐々に歓びに対する感受性が磨かれていったのかもしれません。気がつい

たら手帖に書ききれないほどになっていたのです。「さあ歓ぶぞ」と待ち構えていますと、不思議なもので歓びが向こうからやってくるようになった気がしました。

また六十代に陥った時には、「歓びノート」ではだめだったので、「悲しみ」を書き留めてみることにしました。これもうまくいき、二度目の危機も脱することができました。しかし、七十代前半に訪れた三度目は、これまでで最も深刻でした。前回の二つの方法を試してみましたが、どうもうまくいかない。ほとほと困り果てて、今度はふと、「ありがたい」と感じたことを書き留めることにしました。北陸では、ありがとうを「あんがと」と言うので、「あんがとノート」と名付けてみたのですが、幸いなことにこれはうまくいき、どうにか生き延びることができました。

「歓び」「悲しみ」「感謝」。この三つを書き留めるようにしたそれぞれの時、どうしてそれが良かったのかはわかりませんが、これらはその時の私に足りない「こころの栄養素」だったのかもしれません。喜んだり悲しんだり感謝したり、こうした感情のひだはこころの保護材のようなものです。クッションのようにこころを守り、座りを良くしてくれます。もしみなさんも「幸せを感じられない」と思うことがありましたら、試してみてください。どれがいいかは、その時の心情によるかもしれませんので、少しでも気が乗るもので始めてみましょう。

一方、何もできない、動けないという人は、無理に何かをしなくてもいい。でも、次のようなことをこころにとめておいてほしいと思います。

人工灯で二十四時間明るい部屋があるとします。そこに雲間から一条の太陽の光が差し込んできたとしても、人はその光には気づきません。しかし、真っ暗闇《くらやみ》の中で何も見えずに、血がにじむような思いで光を、希望を探していたとしたら、どうでしょう。雲間から差す一条の光は、強く明るくあなたに届くはずです。それを光明《こうみょう》と感じて、人は感動するのです。

暗闇があるからこそ、わかる歓びがある。それがたとえ一瞬でも、その瞬間は間違いなくあなた自身が摑《つか》んだ光明であると、私は思うのです。

幸せを感じられない時には、心の栄養素を探してみる。

歓び、悲しみ、感謝。
記録してみると、意外とたくさんあるものです。

不条理な世界

生きるということは不条理との戦い

生きていくということは、様々な「不条理」との戦いだと言ってもいいかもしれません。不条理とは、道理に合わないことを言いますが、私たちが最も不条理であると感じるのは「死ぬこと」かもしれません。

私たちは〝死のキャリア〟です。どんなに健康で強く生きている人でも、必ず死ぬ。それだけは公平です。そして、人は生きて死ぬ生き物なのですから、最も大きな「道理」であると言えます。そう考えますと、「死ぬこと」が道理であるならば、死なないこと——生きることそのものが「不条理」、となるのかもしれません。言葉遊びのようですが、一理ある気がします。

つまり、生きている限り、不条理な——不公平で残酷なこの世の中を生き抜いていかなければならないということではないでしょうか。

私も、これまで多くの不条理な出来事に遭《あ》い、そのたびに血の涙を流すような体験を繰り返してきました。自殺を考えたことも何度もあります。

その最も大きな体験は、終戦前後のことでした。私は朝鮮半島の北部で終戦を迎えましたが、それまで絶対だと思っていたものがあっさりと崩壊するさまを、この目で見ました。

当時、敗戦が明らかになった後でも、「治安は維持されるから現地に留《とど》まるように」というラジオ放送を鵜呑《うの》みにし、北朝鮮に留まっていた居留民たちがたくさんいました。実際には敗戦が濃厚になった段階で、高級軍人・官僚とその家族たちは、財産を携《たずさ》えて続々と脱出していたのに、そんなことは知らなかった。そもそも、日本は必ず勝つと言われて、私たちはそれを信じていた。それなのに日本は負けた。挙句《あげく》、現地に留まれと言われて、脱出までの過酷な日々を甘受《かんじゅ》せざるを得なかった。私たちは二重に裏切られたのです。

そして、母を失い、まるで人が違ったようになった父の姿を見ました。父に代わって弟妹を守るために、私は何だってやった。そうしなければ生きていけなかったのです。また、優しい人ほど死んでしまうという現実を見ました。優しいこころを持った人が報われないとは一体どういうことなのか。そう絶望しながらも、生き残るということはそうした優しさを持っている場合でないほど過酷なことだと思い知らされました。生き残った人たちは、自分のために何かを踏みつけて生き延びた。私自身もそうです。

そうした中で、私はのたうちながら、ギリギリのところで生き抜いてきました。それは真っ暗闇の先にある光を頼りに、とも言えますし、ネガティブ思想の果てに芽生えてきた居直りのエネルギーによって、とも言えます。

こうしたことは、私だけが特別ではないでしょう。おそらく、この世に生きるすべての人が、それぞれ形は違えど、ギリギリのところで生きていっているのではないかと思います。不条理さのない人生など、きっとないのです。

不条理であることを
悩まなくていい。

すべての人が、あなたと同じように
不条理な世界を生きているのです。

孤独

ふとした瞬間に、大いなる存在を感じる

この世界が不条理で残酷なものであると頭で理解したとしても、現実的にはなかなか耐えきれないというのもまた真実でしょう。

そうした中で、救いを与えてくれる存在として人々が欲したのが、神や仏といった〝大いなる存在〟です。たとえば、突然病気になってしまった、愛する人が死んでしまった、そんな不条理としか思えない出来事が起こってしまった時、それは不公平なことではなく、大いなる存在から与えられた使命や課題であると考えて納得することができたら、確かに救われるでしょう。大いなる存在があると思えるだけで、励まされ、身体《からだ》を動かせるようになることもあります。

私がまだ少年の頃の話です。九州のある山村で暮らしていましたが、両親と暮

らすその村から、深夜に山を越え、隣村にお使いに行くことがありました。深夜の山道は真っ暗で恐ろしいものです。途中で提灯《ちょうちん》の灯《ひ》も消えてしまい、その日は月も星も出ていなかったため、漆黒《しっこく》の闇に包まれました。

道の右側は断崖で、左側は切り立った山肌だということはわかっていたので、とにかく左側の木にしがみつきながらそろりそろりと前へ進みます。少しずつ前へ進みながら、心細さと闇への恐怖に何度も立ち止まりましたが、ここで動けなくなるほうが危険です。すくむこころを励まして、前へと進みました。

しかしいくら歩いても暗闇で何もわからない。本当に前へ進めているのかさえわからなくなりました。いよいよもう歩けないと思ったその時、さっと、雲の間から月の光が差してきたのです。その月光は足下《あしもと》を照らしだし、道が見えました。

それまで恐怖で足がすくんで疲れきっていたのに、ふっと足が軽くなる気がして、歩く気力がよみがえってきました。この時の月の光というものは、私にとっての大いなる存在、仏教で言う「他力《たりき》」というものでもあったように思います。

「他力」とは、他人任せという意味ではありません。求める・求めないに関わらず、まるで船の帆を揺らす風のように、私たちを動かしてくれるものなのです。

時に人というのは、自分の力を超えた力を発揮できることがあります。どうしてそんな力を出すことができたのか、と自分自身が一番不思議がるようなことがある。また日常生活でも、なぜかふと思い立って、行動を起こせたといったことがありますが、そんな時、それはやはり「他力」の風が吹いたのではないかと思うのです。

私たちは、一人、自分の力で生きていくという覚悟をしなくてはいけません。どんなに信頼できる友人でも、こころから愛する人でも、あなたという「個」に寄り添うことはできても、一つの個になることはないのです。しかし、その絶対的孤独の中、ふと他力の風が吹くことがある。それは大いなる存在を感じさせてくれる一瞬とも言えるかもしれません。

絶対的孤独の中、「他力」の風が吹く。

一人であって一人でない。
大いなる存在が、背を押してくれます。

解放

深く大きな溜息《ためいき》をついてみる

もし、今どうしても元気が出ない、悲しいことがあってつらくてたまらない、そんな気持ちだったとしたら、ぜひ溜息をついてみてほしいのです。できれば「あーぁ」と、思いきり声も出してください。

溜息をつくなんて……、と思う人も多いかもしれません。「溜息をつくと良いものが去ってしまう」、そういった考え方もあります。しかし、どうしても元気が出ない、こころが悲しみでいっぱいな時というのは、しゃがみ込み、背中を丸めて深い溜息をつく。そのほうが自然なのではないでしょうか。

無理に明るくふるまわなくてもいい。悲しみに浸《ひた》りきる、そんな時があってもいいのです。前章でもお話ししたように、悲しみ嘆ききったその先に、新しいあなたの思考やエネルギーがふっと現れてくる。そんな瞬間がきっとあるはずです。

実際のところ、そうした精神的な側面だけでなくフィジカルな意味でも、声を出しながら溜息をつくと、少し呼吸が落ち着いて、本来の呼吸ペースに整えやすくなるという一面もあると思います。

ストレスや不安を感じている時は、呼吸が浅くなります。呼吸が浅くなりますと、過呼吸のようになり、必要以上の換気活動を行うことで、血中の酸素と二酸化炭素のバランスが崩れ、今度は呼吸ができなくなったりします。ですから、緊張した時は深呼吸をして、などと言いますが、それは理にかなっているのです。深呼吸というのは、「たくさん息を吸い込んで」と言いますが、むしろ大きく呼吸を整える、といった意味があると思います。

ところで、呼吸というのは、「吐く」のが先でしょうか。それとも「吸う」のが先でしょうか。私はかねがね、赤ん坊が産道から息を吐いて出て、呼吸して人生を生き、最後に息を吸い込んで終わりを迎える——息を「引き取る」、そう考えてきました。というのも、私は若い頃に肺を壊して、呼吸がうまくできなかったことがあるのですが、その時はとにかく「吐く」ことがうまくできなかった。十吸ったら六しか吐けずに四は残ってしまう、しかしそこからさらに吸ってしまうといったふうで、本当に苦しかった。「息を吐く」というそれまでは無意識にできていたことを、ちゃんとできるようになるために一生懸命努力しました。その時「吐く」ということがいかに難しいことか、実感したのです。

その状態でも吸うことはできましたが、吐くことは実に難しかった。この体験から、吐くということは肺の根本的な力なんだなと意識するようになりました。吐くことができれば、吸うことは自然にできます。ですので、少し意識して、吐くことを丁寧にやってみてください。

身体を丸めて深く大きな溜息を吐き出す。そして、できることなら大声で泣いてもいい。あなたの身の内に留まっている愁《うれ》いのかたまりを、少しだけ外に解放して、一息ついてみましょう。

悲しみ・愁いを解放して、新しい空気を吸い込もう。

呼吸はいのちの源です。
吐き出すことで整えましょう。

あるがまま

こころが傷ついても、安易に治《なお》さない

つらいこと、悲しいことがあると、早くこのこころの痛みをどうにかしたい、治したいと願ってしまいます。一刻も早くこの傷から逃げたい、晴れやかな幸せな気分になりたい、そう思ってしまうのは当然のこととは思いますが、本当にそれでいいのでしょうか。

阪神《はんしん》・淡路《あわじ》大震災の直後のこと、当時、心的外傷後ストレス障害（ＰＴＳＤ）と診断された人がたくさんいました。その人たちのこころのケアをするために、急いで勉強したというセラピストの卵たちが現地にたくさん集まったと聞きました。

その時、私は非常に心配になりました。もちろん、自分にできることをしたいと行動した彼らを批判するものではありません。しかし人のこころというのは奥深く複雑なものです。それをケアするということはただでさえ難しいことなのに、あのような未曽有《みぞう》の非常時です。通常ありえないような出来事に遭遇した人たちを前に、ほとんど経験がない彼らは大丈夫だろうか。

人のこころを癒《いや》すという時に、その傷ついた状態を「悪」と考えてしまい、「だから治さなければならない」という考えになってしまうのは間違いだということをちゃんと理解できているだろうか、と不安に思ったのです。

それに、本当の意味で、こころの傷や痛みは治ることはないと私は考えます。治らないけれども、その痛みと折り合いをつけて生きていく。その折り合いのつけ方を工夫するほかない。こころの傷というものは、そういうものではないでしょうか。人のこころが傷つくこと、それは善でも悪でもない。一つのあるがままの自然な状態なのです。あれだけのことが起こったのです。大切な人を亡くし、大切なものを失った。こころに傷を負うのは当然のことです。

こころに限らず、私は病気というものはすべて「治る」ものではないと考え、病気は「治《おさ》める」ものだとも唱《とな》えてきました。こころの傷も治めることはできるかもしれません。しかし、治めることも、そう簡単にしていいものではないように思います。

地震に遭ってしまったという恐怖感はもちろん、大切な人、大切な場所を失ってしまったとしたら、その悲しみと欠落感はどれほど大きいことか。そう簡単に治められるものではないでしょう。残された人たちは、故人の不在を悲しみ、失ったものを思い、涙する。治まるまでに時間がかかるとしても、充分にそうしたことをしたほうがいいのです。

ですから、もしあなたもこころに傷を負ったと感じたら、またはそうしたことが起きてしまったら、無理にその傷を「治そう」と思わないでほしいのです。人は、生きていく中で、大なり小なりたくさんの傷を負います。その傷を抱えながら、少しずつ治めながら、ともに生きていくのです。

こころの傷は治るものではない。折り合いをつけてともに生きていく。

悲しみも苦しみも、こころの傷も、
生きていくうえで大切な要素です。

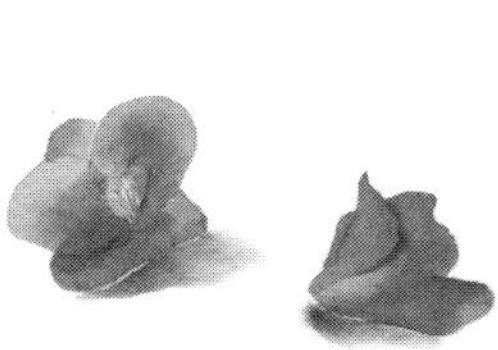

第3章
不安も悩みも、「私」の一部

シグナル

不安はちゃんと感じたほうがいい

鬱《うつ》状態になることをよく「こころが風邪《かぜ》をひく」という言い方をします。身体《からだ》がウイルスに感染して風邪をひいてしまうように、こころも様々なストレスによって風邪をひいたような状態になる、というのはなるほどと思います。

喉《のど》が痛い、頭が痛いといった症状を感じると不調のサインだと思い、風邪をひいたことに気づく。そして、薬を飲んだり、早く寝たりと養生《ようじょう》します。喉が痛い、頭が痛いというのは、身体が発する大切なシグナル（警報）です。同じように、私たちが感じる「不安」も、人が生き抜くうえで備わってきた、大切なシグナルの一つなのではないでしょうか。自分を守るための防衛本能とも言えます。

ですから、不安を悪いものとして排除しようとするのは間違っていると思うのです。むしろ不安を感じないほうが危ないのではないでしょうか。生きるということはそれほど安全な場面ばかりではありませんから。不安がないのではなく、感じられなくなっている、ということではないか。何らかの理由でもって警報機に蓋《ふた》がされてしまっているのかもしれません。

不安をたくさん抱えている人は、あまり敏感すぎると大変だろうと思いますが、一方、それだけこころにたくさんの警報機があるとも考えられます。

シェークスピアの『リア王』の台詞《せりふ》に「人は泣きながら生まれてくるのだ」という言葉があります。これを私なりに解釈しますと、この世界は、花が咲き鳥が舞う、優しさに溢《あふ》れた楽園ではなく、弱肉強食の修羅《しゅら》の巷《ちまた》であり、滑稽《こっけい》で愚かしい劇の舞台のようなものだ、この赤ん坊が泣くのは、そうしたことを予感した不安と恐怖の叫び声なのだ――。老いたリア王が嵐の吹きすさぶ荒野で叫ぶこの台詞は、真実をついた言葉だと思います。

こうしたところにみられる不安は、「大いなる不安」とも言うべきものです。

私たちは必ず死ぬ生き物ですが、それをできるだけ感じないようにしています。私たちは「死」という決定的な不安を内包しているのに、知らん顔をして生きているのですから、ふとその不安が頭をもたげる時もあって当然です。よく理由もなく不安を感じることがありますが、それはこうした「大いなる不安」が少し顔を出しているのかもしれません。

また、アメリカ的な競争社会においては、こうした不安を表面に出すことはよろしくないとされます。虚勢でもいいから、自信満々に胸を張って生きていかなければならない。しかし、本来、「自信を持つ」ということと「不安を持つ」ということは、対立するものではないのです。

不安をたくさん感じ、気にしすぎる自分は弱々しくてだめな人間だ、などと思う必要はない。その不安は何かのシグナルです。その正体をしっかりと感じ取って、自分がどう決断するか、行動するかの検討材料にすればいい。そうして自分がちゃんと不安を感じていることに、安心したほうがいいのです。

自信を持つことと
不安を持つことは対立しない。

不安はあなたを守る大切なシグナル。
感じられなくなったら注意しましょう。

気づき

内側から湧《わ》きあがる声に耳を傾ける

ブッダの残した教えの中に、『大安般守意経《だいあんぱんしゅいきょう》』という経典《きょうてん》があります。サンスクリット語では『アナパーナ・サティ・スートラ』と言うそうですが、この名前だけみると、どうも難しくてとっつきにくいと思われるでしょう。しかし、「アナパーナ」とは呼吸のこと、「サティ」とは気づき、注意、こころがけ、「スートラ」は経典のことを指すのだそうで、簡単に訳してしまえば、『呼吸をする時にこころがけることを記した経典』という、意外にあっさりとした意味になります。

この「サティ」という言葉ですが、以前、仏教学の泰斗《たいと》・中村元《なかむらはじめ》さんの書かれたものの中に、インドのお寺で老師が食器を運んでいる小僧さんに「サティ、サティ」と声をかけるのを聞いたとありました。「ほら、ほら、気をつけて」といった意味だと思いますが、そう聞くと、この言葉が優しい雰囲気のある言葉だとわかります。そして、優しいながらも大切なことを伝えている言葉のような気がしてならないのです。

たとえば、ある人に紹介されたものの、なんとなく嫌《いや》な気がする、そんなことがあります。紹介してくれた人によると、その人はとても有能だと言いますし、受け応えをしていてもまるで問題はないのですが、理屈ではない部分でなんとなく気が進まない。しかしこの「なんとなく」というのは、おうおうにして当たることが多いのです。「虫の知らせ」ということですが、こうしたことはバカにできないと思います。前項でお話しした「不安」と同様に、内側からの声なき声として、自分自身に呼びかけている一種のシグナルなのではないでしょうか。

このシグナルは、とても小さくかすかな声で、一瞬にして消え去ってしまいます。それで、ああ、気のせいかとやりすごしてしまう。後で考えてみると、「あの時のあの感じは、このことへの内側からの警告だったんだな」と気づくことがよくあります。

この小さくかすかな声、一瞬の警告に、「気づく（サティ）」ことがいかに大切なことか。この時「気づく」のは、私たちを生かしている大いなる何かからの警告なのでしょうか。そういうこともあるかもしれませんが、私は「自分自身に気づきなさい」ということなのではないかと思うのです。自分のこだわりに気づく、内面に気づく、本音に気づく――一番近くにありながらもっとも摑《つか》みにくい自分のこころのありように気づくということなのではないでしょうか。

私たちは、外界の声ばかり聞きすぎている。周りの人が自分をどう評価するか、そうしたことにばかり気持ちが囚《とら》われています。

しかし、そんなことよりもっともっと聞かなくてはいけないのは、湧きあがる内側からの声なのです。その声が発せられていることに、もっと気づかなくてはなりません。

内側から湧きあがる声はシグナル。しっかりと「気づく」ように。

外界の声ばかり聞きすぎず、
内側の警告をしっかりキャッチしましょう。

自力と他力

「他力《たりき》」の風を感じてみる

人はベストを尽くすべきだ。そう信じてできる限りのことをしてきたのに、もうできない。できることがない――そんな無力感に襲われた時、確かに絶望的な瞬間とも言えますが、少し見方を変えますと、こうした時こそが「他力」が訪れるチャンスとも言えるのです。

「他力」とは、もともとは仏教用語で「他力本願《ほんがん》」と言い、「阿弥陀如来《あみだにょらい》が悟りを開くときに立てた『一切の人を救う』という本願」のことを言いますが、一般的には、「自分の力では努力せずに他人の力をあてにする」といったようなマイナスのイメージで使われることが多い言葉です。しかし、本来の「他力」は「あなた任せ」の思想ではないのです。

私はよく「他力」とはどういうものなのかを説明する時に、風にたとえます。海原《うなばら》に、エンジンの付いていないヨットが浮いているとします。動力源のないヨットは、風が吹かなければ動くことはできません。私はこの風のことを「他力」、ヨットを自分自身だと考えています。

風が吹いてくれれば走りだせますが、それまでは待つほかありません。ただ、風が来たらすぐ動けるように準備は必要です。まず、帆を張っていなければなりませんし、雲の様子を観察し、風が吹くと信じてそのチャンスを逃さぬよう待ち受けなければなりません。風の向きを予想して、帆を傾ける必要もあるかもしれない。帆の大きさを加減することも必要かもしれません。考えうる限り、できる限りのことをする、これらの努力が「自力」です。そして、自力を尽くしたが大自然の前ではもう何もできることがない。そうわかった時、その考えに気づいたということこそ「他力」の働きと言えるのではないかと思います。

「人事を尽くして天命を待つ」という言葉がありますが、私はこれを勝手に読み換えて「人事を尽くさんとするは、これ天の命《めい》なり」としています。

「人事を尽くそう」「精いっぱいやりきろう」そんなふうに思えたということ、それはなぜでしょうか。いつもなら、「面倒くさいから適当に済まそう」「無理だ、自分にはできない」、そんな風に思うかもしれないのに、なぜか覚悟を決められた、その点に注目したいのです。それこそ「天の命」ではないか。

このように、自力と他力は相反するものではありません。他力とは自力を呼び覚まし、育《はぐく》むもの。また、自力をひっくるめてつつんでいくもの。私は他力とは「自力の母」だと思います。

もう自力で思いつくことはやりつくした、またはこれほど努力しているのになぜ報われないのか、そんな思いに囚われた時には、このことを思い出してください。そんな時こそ「他力」の風を感じられるチャンスです。

他力は自力の母。見えない力が背中を押してくれる。

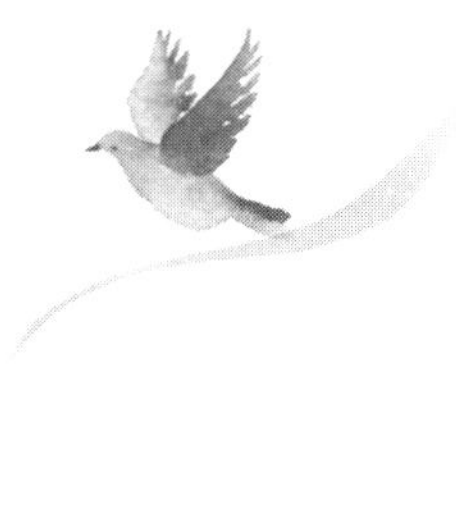

精いっぱいやろうと思えたこと、
そのことがすでに風に乗っている証拠です。

自己と時代

鬱《うつ》の時代には、鬱で生きる

朝起きたら、何の理由もないのに鬱々としてしまう時というのがあります。最近ではこうしたことを言うと、「初期うつ病の傾向がある」「抑うつ状態にある」などと説明されてしまいますが、そう言いきってしまうのはちょっと危険なんじゃないかな、と思うことがあります。

連日のようにこれだけ胸を痛めるニュースがあふれる中で、いつも朗らかに、何の疑いもなく生きているというほうが、私は病気なんじゃないかと思うのです。こんな時代では「ちょっと鬱」というくらいが一番正しい反応ではないでしょうか。こころがきれいな人、優しく繊細《せんさい》な感覚の持ち主ほど、生きていくのがつらい時代だと思います。

二十年ほど前からこの国は「鬱の時代」にあると私は考えています。その前の五十年――太平洋戦争が終わってからの五十年間というのは「躁《そう》の時代」です。敗戦後、この国は国中が「躁状態」でした。だれしも少し血圧を上げて気分を盛り上げないと、乗り切れないという時があると思いますが、日本では国家を挙げてその状態になっていたのです。ところが、バブル崩壊後、空白の二十年間を経て、日本経済は下降を続け、鬱的な気分が社会を覆《おお》い始めました。それ以降、その傾向はどんどん強まっているように感じられてなりません。

私はこの「鬱」の問題を、個人の人格的な危機として、または一時的な社会現象として捉《とら》えるべきではないと考えています。人間の歴史という長いスパンにおいて、一つの流れとしてみたほうがいい、そんなふうに思うのです。すると、「躁の時代」が五十年続いたとすれば、この「鬱の時代」も五十年続くと考えられるのではないか。

そんな中、私たちはどう生きるべきなのでしょう。

自由経済至上主義や市場原理主義は、もう限界にきているでしょう。ドルもユーロも円も「鬱の時代」に入っているように思います。政治家の顔を見てもそうです。「所得倍増計画」の池田勇人《いけだはやと》元首相や「日本列島改造論」の田中角栄《たなかかくえい》元首相の顔と比べてみたら、今の首相も「鬱」的だと思います。

食べ物を見ても、躁から鬱へと変わってきています。躁の時代の料理は、大きなお皿にこんもりと盛り付けるのがご馳走《ちそう》だった。しかし、鬱の時代になりますと、シンプルな器《うつわ》に変わった料理をちょこっと盛り付けるのが流行《はや》っています。

こうしてみていきますと、一つ一つは小さな変化かもしれませんが、世界がネガとポジのように、反転していることに気がつきます。根本的な部分がシフトチェンジしていると言っていい。

だからと言って、それを悲観する必要もない。躁も鬱も一つの状態であって、どちらが良い悪いではないのです。「鬱の時代」には鬱の時代の生き方をしていけばいいのです。無理をせず力を抜いて、時代の流れを柔らかく受け流しましょう。

鬱であることを否定しない。

時代が個人のこころに与える影響は大きい。
すべてを自分のせいだと思わないようにしましょう。

ブッダの苦悩

悩みに悩みぬき、大道《だいどう》を開く

日本人にとって、こころや魂の救済を願う時、長い間頼ってきたのは「仏教」だと言っていいでしょう。この仏教の開祖ブッダ（覚者《かくしゃ》。悟りを開いた人を指します）ことゴータマ・シッダールタという人は、深い悩みを抱えた青年でした。

今から約二千五百年前のこと。小国の王子として生まれたゴータマ青年ですが、天が彼に与えた宿命——ゆくゆくは王となって国を守り、富ませ、後継ぎをつくる——は、彼を幸せにはしませんでした。父王の期待に応えるべく結婚し、子どもも生まれますが、二十九歳の時、そのすべてを捨てて出家してしまいます。現代風に言えば家庭持ちで子持ちの働き盛りの男性が、生活上の必要性からでなく、人生の真理を求めたいという目的でもって、家出をしてしまったわけです。

ゴータマ青年はどのような内的欲求から、またどんなこころの葛藤《かっとう》を経て出家を決意したんでしょうか。伝えられてきたものによれば「生老病死《しょうろうびょうし》」という四つの「苦」の姿に触《ふ》れたことが出家の動機だとされます。

なぜ人は生き、老い、病《や》んで死んでいくのか――。こうした人間存在の根本に関わる真理への探究心と、人としての深い悩みは、現代でも同じように私たちのこころを悩ませていますが、当時のゴータマ青年もそうだった。あまりに根源的な命題に疑問を抱いてしまったゴータマ青年は、悩みに悩みぬいた。しかし、愛する者たちを捨ててでも、真理を探求しないではいられなかった。それだけ、悩みは大きく深かったのです。

そしてゴータマ青年は、命がけの苦行の日々に入りますが、六年目にして苦行生活を中止しました。なぜやめたのかというと、身体を痛めつけるだけの苦行からは得ることがない、無駄だったとわかったからだと伝えられています。しかし、不退転《ふたいてん》の決意で始めた修行を、自分の意志によって中止するということは、大変な覚悟だったでしょう。そう思いますと、やはり苦行も含めて様々な経験が、その境地へと導いたのではないか、と思います。

そして、菩提樹《ぼだいじゅ》の下で「悟り」を開きますが、ゴータマ・ブッダは人々に法を説《と》くことをためらいます。自分が得たこの悟りの内容は深遠《しんえん》で、きっと誰にも理解されないだろうと考えたのです。そのため、誰にも話さずにおこうとしました。しかし、梵天《ぼんてん》（バラモン教の創造神）が、法を説くようにと何度も説得しました。それでようやく、ブッダは思い直して教えの道に進むことになるのです。

私は経典の中にふと現れる、こうした人間らしいエピソードに心惹《ひ》かれます。真面目《まじめ》で何事もおろそかにできない、悩みを投げ出さない人、ブッダ。そんなブッダが生み出した教えは、時を越え、世界中の人々のこころに寄り添い、救いをもたらした。この一事をもってでも、悩むことは大きな可能性を秘めていると思います。偉大なブッダのようにはなれませんが、私たちも、何かを生み出す手前にいるのかもしれません。そう考えると悩むことも悪くない、そう思えるのです。

悩むことは、何かを生み出す一歩手前かもしれない。

悩んでいる自分を認めてみましょう。
何かをつくり出せるかもしれません。

善と悪

〝悪人〟である、私という存在

太平洋戦争を経験した世代は、少なからず自分が生き延びてきたことに負い目を感じていると思います。私もピョンヤンから引き揚げてきましたが、今も自分が〝悪人〟であるという思いを胸に生きています。

あの時、他人に席を譲ろうとするような優しい人は、ボートに乗れず置き去りにされた。かたや他人を押しのけ、我先にという人が生き延びた。私もまたそうした中を生き延びたんですから、私自身もやはり悪人なのです。親鸞《しんらん》は、「人はみな悪を抱えて生きている」と、「人は誰もが悪人である」と言いましたが、私は身をもってそれを見てきたし、自分自身もそうであったと思います。

しかし、こうした体験がなかったとしても人間として生まれた以上、悪の因子を持っているのではないでしょうか。「悪」と言うと、どす黒い感じがして、自分がそれに染まっていると聞くと嫌な思いがする人もいるでしょう。しかし、無意識のうちに行ってしまう悪というものもあります。日本のように経済的に豊かな国に住む人は、貧しい国の人たちの富を搾取《さくしゅ》しているかもしれない。冷暖房を思う存分に使い、車に乗って排ガスを出している。このことがまわりまわって、何かに悪をなしているという意識はなかなか持ちにくいかもしれません。

被害者の悪ということもあります。いまだに思い返すと胸が痛くなるのですが、終戦時、北朝鮮からの脱出行でのことです。三十人ほどのグループで行動していたので、どうしても保安隊やソ連兵に見つかってしまいます。その時、ソ連兵が「女を出せ」と言うことがある。グループには世話役がいて、誰を差し出すかを相談するのですが、その時みんなの視線が集まるのは水商売の経験のある女性や未亡人なのです。彼女たちは懇願《こんがん》され、というよりも脅《おど》されてソ連兵のもとへ差し出される。そして翌日の明け方になって女性はボロボロになって帰ってきます。戻ってきた女性を「ありがとう。あなたが払ってくれた犠牲で私たちは救われた」と労《いたわ》りながら出迎えるならまだ救いがあります。しかしそうではなかった。「悪い病気をもらってきたかもしれないから、近付いちゃだめよ」、そう子どもたちに囁《ささや》いて遠ざけるような母親もいたのです。

そんな光景を見て、人間というものはギリギリのところではけだものになるのか、そして自分もこの罪を背負って一生生きていくんだと思ったことを生々しく思い起こすのです。私たちは被害者だったかもしれない、しかし加害者でもあった。自分が生き延びるためとはいえ、仕方なかったと言って済むようなことではない、そうした悪を重ねて生き延びました。

私たちは生きる限り、悪を重ねて生きていくのです。しかし同時に善なるものも内包している。人間はそうした両極を内包しながら生きていくしかない。だからこそ、そういう悪をわが身に抱えて生きているのだ、という意識のかけらは持つべきだろうと思うのです。

「生きる」ことは、悪を重ねていくということ。

生きていくことはきれいごとだけではない。
悪であり、善である自分を自覚しましょう。

謙虚なこころ

「弱き者、汝《なんじ》の名は人間なり」

シェークスピアの『ハムレット』に「弱き者、汝の名は女なり」という言葉がありますが、私はこれを「弱き者、汝の名は人間なり」と言い換えています。人間の一生は短く儚《はかな》いものです。そして誰もが本質的に弱い存在であるという自覚を、もっとしっかりと持ったほうがいい。

西洋文明において、それまで人間は教会の裏庭の雑草のように考えられていたのが、十四～十六世紀のルネサンス期に、人間は強いものだ、素晴らしいものだという自信を持つようになりました。このこと自体は素晴らしいことだと思いますが、十九世紀以降、いきすぎているように思います。人間は傲慢《ごうまん》になりすぎているのではないでしょうか。

人間とはそもそも〝弱き者〟なのです。ちょっとしたことで壊れてしまう、命を失ってしまうか弱き存在です。私たちは、今こそ「人間は、草や木と同じ存在である」といった謙虚な気持ちに戻らないといけない。

父や母、また無数の人たち、そして私を取り巻く環境すべてにある森羅万象《しんらばんしょう》と言ってもいいでしょうが、そうした無数の存在の支えがあって私はなぜか生き抜いている。私は、人間とは、そうした存在なのです。

社会的に弱者であるといった社会構造のひずみをどうにかしなくてはいけない、そう考えることはとても大切なことです。しかしその前に、地上に生きるすべての人間という存在が弱き者であるということを、一人一人がしっかりと認識する必要があるのではないでしょうか。

あなたが悩み苦しむ弱き者であるとするならば、ほかの誰かも、同じように悩み苦しむ弱き者かもしれない、そう想像してみましょう。つらいのは、悩むのはあなただけではない。明るく楽しそうにしているあの人も、実は深い悲しみを抱え、それでも笑っているのかもしれないのです。

私も時に絶望し、何度か死を思いました。しかし、死を願う自分自身に、「そう簡単に死ぬな」ともう一人の自分が語り掛けるようなことがあったように思います。それは、戦争中に不条理に命を奪われていった人たちの分まで生きなければならないということが、心にあったからかもしれません。

私自身も弱き者の一人です。身体的にも弱い、精神的にも不安定で非常に頼りない弱き者です。しかし、自分が一本の葦《あし》のように弱い存在であると自覚したところから、どう生きていくか。それは個人の選択であると言えるでしょう。

「弱き者、汝の名は人間なり」

だからこそ、自分も他人も大切にしよう、一瞬一瞬を大切に生きよう、そう一人一人が自覚して生きていく。そうしたことが、これからのとても大切なテーマだと言えるかもしれません。

〝弱き者〟だと自覚して、一瞬一瞬を大切に生きていく。

自分を過小評価するということではなく、謙虚であるようにしましょう。

無常

「ブレない人」など、ありえない

「ブレない」という言葉は、褒《ほ》め言葉としてよく使われています。「変わらない、一貫性がある」という意味で評価されるようですが、私はこれに違和感を覚えます。人間とは、本来揺れ動くもの、変化し続けるものです。ですから、「ブレない」ということは、不自然を超えて、ありえないことなのではないでしょうか。

私たちは、日々の体調によっても、年齢や置かれた環境によっても、こころも体も変化し続けます。時にあるところから逆の方向へと、振り子のように行ったり来たり——スイングします。そのほうが生き物として自然です。

特に、年齢という要素は大きいように思います。たとえば、ブッダの生涯を振り返ってみると、出家した二十九歳、悟りを開いた三十五歳、生涯を閉じた八十歳の時点で、それぞれの年齢ならではの思考をしていたのではないかと思います。

このような偉人であっても、到達した年齢なりの思想というものがある。イエス・キリストは三十五歳で亡くなったと伝えられますが、もしブッダと同じ歳まで長生きしていたら、また違ったニュアンスの教えを説いていたかもしれません。

私自身を振り返ってみても、若い頃にはロシアや北欧を舞台にした小説を書き、また九州の炭鉱地帯を舞台にした小説を、最近では親鸞を書きました。我ながらテーマがバラバラだと思います。しかし、それでもいつもどこかに私らしさというものはあったでしょう。その時々に揺れ動き、スイングしながら、その年齢、時代ならではのものを書いてきたと思います。

人生とは無常です。何が起こるか誰にもわからない。このような考え方を虚無的だと言う人もいるかもしれませんが、「明日のことはわからない」、これは真実でしょう。とはいえ、わからないから自堕落《じだらく》に生きるということではありません。わからないからこそ、精いっぱい生きる。精いっぱい生きますと、どうも白黒つけたくなる傾向があるように思いますが、その時の判断だけで白黒いずれかに簡単に決めてしまわないほうがいい。白黒つけるということは、「生の固定化」とも言えます。変化を止めてしまうということにもなり、それはあなたの今の生の輝き――可能性を押しとどめてしまうものかもしれません。

そうして揺れ動き、変化し続けるあなたをみて、「あなたらしくない」と非難する人もいるかもしれません。あるいは優柔不断とそしる人もいるかもしれませんが、そんな言葉は気にしなくていい。

仏教に「中道《ちゅうどう》」という考え方があります。対立し、矛盾《むじゅん》するような極端な立場を離れ、そのいずれにも偏《かたよ》らない中正な立場を貫くことを言います。時に対立しつつも右往左往《うおうさおう》する、スイングしていく。その過程で中道という真ん中の道が立ち現れてくる。その立ち現れてきた道を歩むことこそ、あなたにしかできない、あなたらしい生のありようなのではないでしょうか。

変化し続けることが、生きるということ。

曖昧《あいまい》で優柔不断でいいのです。
最も恐れるべきは、生の固定化です。

いのちの重み

こころをないがしろにするのは、もうやめよう

日本は今、大きな価値転換のギリギリのところに差し掛かっていると思います。それは経済問題でも政治問題でもなく、一人一人の「こころ」の問題についてです。確かに経済や政治の問題も山積していますから、そうしたことを不安に思う人も多いでしょうが、私のような長生きしてきた人間からしますと、それはどうということではない。

敗戦の頃には、預金の全面封鎖なんていうのもあったんです。さらに戦時国債もチャラになってしまったし、新円の切り替えで、たんす預金も一世帯いくらと決められた分しか換金できなかった。さらに農地解放がありました。農地解放と言うと美しいですが、それまで土地を持っていた側の人からしたら財産接収に近

いような荒療治でした。それまでの私有財産制度を否定したと言ってもいい。そうした驚天動地《きょうてんどうち》の荒療治をしても、日本はその二十五年後には大阪万博をやっている。そこに至るまでに、わずか二十五年です。

日本という国は、そういう歴史のある国です。もしまた焼け跡・闇市《やみいち》に戻ったとしても、二十五年後には立派に立ち直っているだろうと思います。ですから、私にとってこうしたことはさして大きな問題ではないのです。それよりも大事なことは、年間約二万五千人もの自殺者が出てしまうような、こころの荒廃の問題です。世界に冠たる長寿国である日本が、一方では自殺大国でもある、この矛盾。よく、自殺増加の原因として経済や病気を挙げる人がいますが、私は必ずしも直結しないと思います。貧しくても懸命に働いて生き抜いている人もいますし、難病を患《わずら》いながら闘い続ける人たちもいます。逆に、経済的に豊かで、才能に溢れていても自殺をしてしまう人もいる。この自殺をすると決める一線というのは一体何なのか。

また連日のように嫌なニュースが報道されます。親が子を虐待《ぎゃくたい》したとか、孫が祖父母を殺した——そんなひどいニュースが流れない日はありません。一体何が起こっているのか、と問わずにはいられない。

自殺にせよ、人を殺すにせよ、そこに共通してあるのは「いのちの軽さ」でしょう。自分のいのちの重みを感じられない人は、やはり相手のいのちの重みもわからない。

今、私たちが一番問題にしなければならないのは、政局の混迷や経済破綻《はたん》ではない。戦後、ずっと先送りにして見ないふりをしてきた「精神のデフレ」「こころの不良債権」の問題でしょう。私たちは、こころをないがしろにしすぎた。見えないものを軽んじ、湿り気のある感情を置き去りにしてきた。そのつけが今きているのではないでしょうか。渇《かわ》ききったこころには、柔らかな感性、豊かな想像力は育たない。そう思わずにはいられません。

いのちを大切に感じるこころ。
世界を変えるのは
そうした柔らかい部分。

物質的な豊かさより何よりも、
こころの豊かさが世界を幸せにするのです。

第4章
いのちを生ききる

仲間として

人としてこの地球に生きているという事実

私たちは「宿命」を持って生まれ、「運命」という大きな潮流に動かされていくと私は考えていますが、ふと、運命の最たるものとは、「人間として、この地球上に生まれた」ということではないかと気づきました。

近代文明では、その出発点において明るい未来を想定していました。ですから近代人は「意志の自由」によって、人生を自由に切り開き、変革することできると考えた。つまり、たゆまぬ努力を続けさえすれば必ず自分の望む方向へ進むことができると考えたのです。しかし、実際には無制限に自由であるということはありえません。どんなに近代化して改革したとしても、どうしても変えられないものもある。それこそが「人間として、この地球上に生まれた」という事実です。

もし核戦争が起これば地球上の人類どころか生き物すべてが危険にさらされます。世界の気温が数度上がれば、極地の氷床が溶けだし水位が上がり、標高の低い都市や国は水没してしまうでしょう。私たちはそれぞれがバラバラであっても、そうした意味で間違いなく運命の共同体なのです。

いじめを苦に少年が自殺をした、親が子どもを虐待死《ぎゃくたいし》させた、そうした傷《いた》ましいニュースを聞いてこころが軋《きし》むのも、大きな運命を共有しているものの自然な感情なのです。自分の身や身近に起こった事件でもない、他人の問題であっても、何とも言いがたい気持ちで胸が締め付けられる。

こうした感情は、倫理や思想よりもはるかに強い、自ずから湧《わ》いてくる共感《きょうかん》共苦《きょうく》の感情でしょう。運命の共同体を生きるということは、大きな家族の一員のように自分を感じ、またほかの人間を仲間と感じることです。

以前、ある番組を見ていましたら、高校生が、「なぜ人を殺してはいけないんですか」という問いを発しました。その無邪気な問いに対して、その場にいた多くの知識人は咄嗟《とっさ》に答えることができなかったのですが、私はその一つの答えとしてこの大きな運命について思いをはせるのです。

私たちはそれぞれが宿命を背負い、生まれてきました。そこに個人としての運命と、さらに大きな潮流としての運命と出合うことで、人生を歩んでいきます。不条理な出来事にあたりながらも必死に生き抜こうとする、健気《けなげ》な自分を感じてほしい。同じように、ほかの人たちも必死に生きているのです。そして私たちはその最たるものである大きな運命を、不条理さを共有する仲間でもある。そう考えた時、失われている他人との一体感を取り戻すことはできないでしょうか。

私たちは思うようにならないこの世界に生きています。自由意志や努力や希望など、時に大きな潮流に呑《の》み込まれてしまう、そんな不条理な世界を懸命に「生きる」仲間なのです。私は、この「生きる」というところに人間の最大の意味を感じています。「われ思う、ゆえにわれあり」というデカルトの有名な言葉を、「われ生きてあり、ゆえにわれ思う」と言い換えるのもそのためです。

大きな運命を懸命に生きる仲間として。

私たちは個であって個ではない。
運命を共有する仲間なのです。

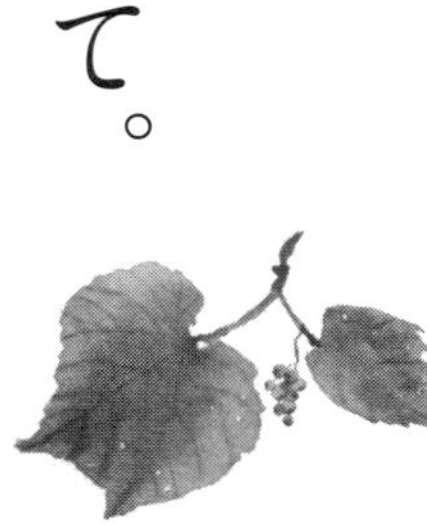

奇蹟

只管人生《しかんじんせい》——ただ生きていく

鎌倉時代の禅僧で、曹洞宗《そうとうしゅう》を開いた道元《どうげん》という人がいます。その道元が説《と》いた言葉に「只管打坐《しかんたざ》」があります。この言葉は「ただひたすら坐《すわ》る」という意味ですが、禅宗では坐るとは坐禅のことを指しますから、「ただ坐禅をする」という意味になります。

坐り続けても、何の意味もないかもしれない、明日病気になるかもしれない、それでも坐りつづけなさい、そうするうちにみえてくるものがある——そんな教えなのです。

正直に言って、最初は道元の言う只管打坐の意味がよく摑《つか》めませんでした。しかしいつしか腑《ふ》に落ちる気がしました。意味や目的がなくてもただ坐る。このことによってしか見つからないものがあるのではないかと気づいたのです。

私は、人生を生きるということも、そういうことではないかと考えました。つまり「只管人生」、「ただひたすら人生を生きる」ということです。

人生の目的や生きる意味などあってもなくてもよい。

ただ生きていくこと、それだけでいい。

今日一日、明日一日をただ生きていく――。

生きることに専念してとにかく生きる。みっともなくても生きる。苦しくても生きるのです。

自分でいのちを投げ出したりしない。枯れたりせずに生ききる。

人間は、泣きながら生まれ、重い宿命を背負いながら、運命の流れを必死に泳いでいく。宿命と運命に翻弄《ほんろう》されながらも、それを受け入れ、時にはね返しながら懸命に生きている。

「生きている」

それ以上に何を求めることがあろうか。

失敗した人生も、平凡な人生も、成功した人生もあるでしょう。どんな人生であっても、それぞれの人が、それぞれ与えられた宿命と運命の中で必死に闘って生きている。それぞれが一人の「戦士」なのではないでしょうか。

繰り返しになりますが、生きていること、それ自体が奇蹟《きせき》なのです。この一事をもって人は尊敬されなければならないし、自分を肯定していい。そして、もし余力があれば、世のため人のために働けばいい。

人生は修行である、と言います。生きることに、結論も結果もない。「只管人生」、まずこのことを丁寧に重ねていく。その先に、きっと何かみえてくる。そして気づくことがあるのではないかと思っています。

生きることに、結論も結果もない。

ただこの一瞬を生ききる。
人生とはその一瞬の積み重ねです。

人間の本質

孤独者として、しなやかに生きる

八十年余りの人生をふと顧《かえり》みると、自分はどこにあってもエトランジェ（異邦人）だったと思います。それは私の宿命なのかもしれません。

私の親は教員で、官吏《かんり》でしたから転勤がありました。生後間もなく朝鮮半島にわたり、父親の転勤で転々としましたから、一つの地域の人々とずっと一緒に暮らしたという経験がありません。転校生というのはなんであれ孤立するものですが、異民族の中の一人ですからなおのこと孤立していたように思います。

しかし、自分が孤立するのも仕方ないこと、と子どもなりに理解していました。一人で雀《すずめ》の子をとってみたり犬と遊んだりして時間をつぶしましたが、この頃の体験が自分の行動の原型をなしていると思わずにはいられません。幼い頃の体験というのはやはり大きいものです。

終戦後もすぐに帰国できず難民となり、命からがらに帰国してからも、〝引き揚げ者〟という異分子になりました。まず言葉が違うのです。筑後弁《ちくごべん》をマスターするのに五年もかかりましたが、だからと言って解《と》け込めたわけでもありません。

大学入学のために上京しましたが、ここでも私はエトランジェでした。言葉はイントネーションからして違いますし、何を言っても聞き返されるので話すのが嫌《いや》になってしまい、無口になりました。

大学でも、ロシア文学科を選んだということが孤立化する理由になりました。露文科というのは文学部で最も小さなセクションで、ここを選んだということで変わり者とみなされるのです。さらに仕送りもまったくないのでアルバイトで稼がなくてはならず、デモや飲み会に参加するといったことはもちろん、授業にすらなかなか出られない日々が続きました。それで結局何年も授業料を滞納し、私は大学に「抹籍《まっせき》」を申し出ざるを得ませんでした。

「抹籍」というのは、授業料を払わない代わりに、大学に在籍した事実も抹消されてしまうということです。つまり「大学中退」ですらないわけで、就職先にも苦労しました。結局、ある業界誌に潜《もぐ》り込みましたが、当時、業界誌というのは、新聞・出版業界内で疎外されている存在でした。日本新聞協会の記者クラブというのがありましたが、私が所属している業界誌ではそこにはもちろん入れてもらえません。ここでもまた孤立してしまった。つくづく自分は「はみ出し者」だということを実感させられました。

いくつか業界誌を転々とした後、テレビ番組の構成作家のような仕事をしました。今でこそ構成作家という肩書《かたがき》は確立されていますが、当時は作家扱いもされません。日本放送作家協会に入会を申し込んだことがありますが、放送作家ではなく構成作家だから、と拒否されてしまいました。その頃、ＣＭソングもたくさんつくりましたが、これも当時は蔑視《べっし》されていました。当時、歌手にとってＣＭソングはアルバイトの一つといった位置づけで、一段低く思われていたのです。

そんな中で小説も書いたりしてみましたが、同人雑誌やグループに入っていないものだからまた孤立してしまいます。そうした状況にほとほと嫌気がさして、金沢に移住しましたが、言葉も違えば文化も違う金沢の町で、ご想像の通りまた孤立しました。

改めて自分の半生を振り返ってみると、驚くほどあらゆるものからはみ出し、孤立して生きてきました。結果的に小説を書くことが仕事になりましたが、その中でも孤立していたと思います。私が書こうとしていたエンターテインメント小説は当時まだ小説の分野として確立されていませんでしたから、いわゆる文壇の端っこに入りこんだ、といったふうでした。

先輩たちが誰かの会に所属しないとだめだとアドバイスしてくれましたが、一匹狼的な気質が抜けなくて、どうしても馴染《なじ》めない。結局、文壇の人たちと酒を呑んだり、編集者と交際したりする機会もあまりないまま、ずっと一人でやってきたという感じがあります。

さらに、歳《とし》を重ねると物理的にも孤立していきます。親しい友人や同年代の作家、評論家が次々と鬼籍《きせき》に入りました。そうなりますと、孤独に始まり、孤独に還《かえ》るということになります。

それでも、それほど寂しいとも心細いとも思わない。私自身の特殊な生《お》い立ちや性格といった理由もあるかもしれませんが、人間の本質というのは、孤独から離れられないものなんだなと思います。しかし、孤独だからこそ、魂が触れ合うような出会いがあった時に、それがありがたく、愛《いと》おしく感じられるのではないでしょうか。たった一度会っただけでも、たいして言葉を交《か》わしたわけでもなくとも、こころが通じ合うということがあるのです。

孤独を大事にしようとか、孤独になろうなどと言っているのではありません。人間というのは、本来孤独なのです。一人で生きて一人で死んでいく。そうした存在であると自覚し、孤独に耐えられるようなこころのしなやかさを持って生きていってほしいと思うのです。

人はみな、孤独に始まり、孤独に還る。

孤独を受け入れて、
しなやかに生きていきましょう。

生と死

いのちという物語を想像する力

自殺者が一向に減らない、もしくは簡単に人を殺してしまう、そんな社会を見続けてきて、つくづくこの問題は根が深いと感じています。

自殺にしろ、他者を殺すにしろ、その根は同じです。つまり「いのち」の重さを実感できていないということです。

私はそのためには「情操《じょうそう》」を豊かにするほかないと考えています。「情操」とは、情感豊かなこころのことを言います。たとえば、動物をいじめてしまったときに、はっとして「かわいそう」と思うこころ。「人を殺すなんてそんな怖いことはできない」とまず感じる、そうしたこころを持つことです。これは言い方を換えますと、「物語性の回復」とも言えます。

たとえば、憎たらしい同級生がいるとします。あいつを殴《なぐ》って殺してしまおう、と考えたとしましょう。そうするとどうなるか。一瞬のうちに殺す。相手は血を流して倒れる。先生や同級生たちが駆け寄ってくる。そして警察が来て、捕まえられて連行される。父が泣きわめく。弟妹は人殺しの兄を持ったということで、どんな目に遭《あ》うかわからない。そして自分は裁判にかけられ刑務所に行って、刑務所の中で半生を送ることになる……。

我々の世代の人間ですと、こうした物語（ストーリー）が瞬間的に走馬灯《そうまとう》の如《ごと》く浮かんでくると思います。しかし今は、どうでしょう。そういったストーリーを組み立てられない人が多くなっているのではないでしょうか。

最近の物語やテレビゲームといったものは、場面場面のショットが重なってストーリーができていて、非常に刹那的《せつなてき》です。しかし大切なことは、「ここでこうすればこうなる」、といったストーリーを構成する想像力なんです。

自分が同級生を殺すことによってどうなるか。自分の家族のことだけじゃありません。その同級生の両親がどんなに悲しむだろう、その兄弟、またその祖父母も……、そういったことを少しでも想像できたら恐れも無限になって、とても人を殺すなんてできることではありません。しかし今の子どもたちの多くには、想像できるものというのが切れ切れのショット、コラージュしかないのではないかと思わざるを得ないのです。

そうしたことを考えますと、子どもたちにはできるだけ物語に触れる機会を与えてほしいと思います。今の親の世代やもっと上の世代の人でも、子どもの頃はよく枕もとで絵本を読んでもらったり、炬燵《こたつ》に入って祖父母に昔話をしてもらったという経験があるでしょう。

柳田国男《やなぎたくにお》さんの『遠野《とおの》物語』にあるお話は、昔は囲炉裏《いろり》の傍《そば》で語られたようなものです。そのほかにも、浪曲や講談、落語などもお話の一つと言っていいでしょう。子どもも大人も、喜んでそうしたお話に耳を傾けたものでした。

そのなかには、『四谷怪談《よつやかいだん》』『番町皿屋敷《ばんちょうさらやしき》』といった幽霊ものの講談もたくさんありましたが、改めて考えてみますと、幽霊が出てくるような怪談ものというのは、恨《うら》みや嫉《ねた》み、怨念《おんねん》といったネガティブな部分がたっぷりと語られています。

今時ですと、そんな残酷な物語を子どもにするのはどうか、といった議論が起こりそうな気もしますが、しかしそのようなネガティブな部分も人間の大切な要素です。明るく元気で、楽しいばかりが人間ではない。物語を通じてそうしたことを知ることができます。そして、ネガティブな感情がどういう結果をもたらすかを知ることができる、イメージすることができるのではないでしょうか。

また、地獄や極楽といった死後のイメージ（物語）も、なんとなく持っていたほうがいいのではないかとも思います。もちろん宗教的なバックボーンがなくてもいいのです。ひょっとして死後の世界というものがあるんじゃないか、自殺をすると大きな罪に問われて、恐ろしい世界に行かなくてはならなくなってしまうんじゃないか……。そうした想像をめぐらせた時、ふと我に返り、生きよう、死ぬのは嫌だと思えるのかもしれません。

　最近の自殺をする人たちは、自分が死んだら単なる物体になる、または雲散霧《うんさんむ》消《しょう》してしまうとしか思っていないのかもしれません。しかし、死の向こう側にある未知の世界を想像できれば、ふっと我に返れるのではないか。あるいは生きていく恐怖が先行していたのが、死んだらどうなるのかという恐怖にスイッチするかもしれません。そこで、一秒でも一歩でも立ち止まれたら、もう一度生き直しができるのではないでしょうか。

　こうして考えてみますとなおのこと、自分なりの「物語」としていのちのありようを想像してみる必要があるかもしれません。また、そうした想像力は、生きていくうえで必要な感性なのではないかと思うのです。

いのちや死について、自分なりに想像してみよう。

あなたなりの死のイメージを持つと、
いのちに対する感性が豊かになります。

負け組などいない

数年前から「勝ち組」「負け組」という言葉をよく耳にするようになりました。この競争社会において勝ち残った者が「勝ち組」である、敗れた人々は「負け組」である。勝者がいれば敗者がいる。社会的強者がいれば弱者がいる、そういうことでしょう。

しかし、競争に勝った者が勝ち誇り、敗れた者が絶望と自己嫌悪の深い淵《ふち》に沈んでいくような社会を、私は好ましいとは思いません。強い人間がいていいように弱い人間がいてもいい。明るい性格の人がいれば、暗く沈みがちな性格の人がいていい。そこに人間としての価値の差はないでしょう。

私も今でこそある程度の虚名があり、生活の基盤もありますから、「勝ち組」

と言われてしまうのかもしれません。しかし、私には「自分は弱者である」という意識があります。子どもの頃からずっと、私はいつでも弱者、マイノリティだった。朝鮮半島ではイルボン・チョッパリと呼ばれ、帰国してからは引き揚げ者と呼ばれ、石を投げられました。その時の記憶は今も消えません。

前にも少しお話ししましたが、大学に入学しようと上京した時も、社会人になってからも、どこにいても私はマイノリティの側にあり続けました。

以前、考古学者の大塚初重《おおつかはつしげ》さんも同じようなことを言っておられました。大塚初重さんと言えば、日本考古学界の至宝と言われる大学者ですが、大塚さんもまたマイノリティの立場から昇り詰めた人でもあります。

戦時中は兵士として出征し、終戦後は仕事をしながら、明治大学の二部に入られた。明治大学は私学です。今でこそ優れた考古学者を多数輩出する名門ですが、当時はやはり旧帝国大学が圧倒的権威だった。大塚さんは権威を持っている側ではなく、権力に抑え込まれる側で生きてこられた。今や権威となったにもかかわらず、弱者の意識を強く持っておられます。そして、私も大塚さんも、その弱者の意識を持ち続けているのは、あの戦争体験があるということが大きいでしょう。私自身、生き残った自分に負い目を感じています。しかし結果として、自分が社会的弱者として世の中に出ていったことは良かったように思います。

実際生きていくということは大変なことで、こころが萎《な》えてしまって生きる気力がなくなるような時もありました。しかしそんな時、私を支えてくれたのは「生き抜いてきた負い目」そのものだったように思うのです。多くの人たちを押しやって蹴飛ばして生き抜いてきた、だからこのいのちはそういう人たちの分まで生き続けなくちゃならない、こんなことでへこたれている場合じゃない、そんな気持ちです。

「勝ち」も「負け」もない。つくづくそう思います。人生というのは、長い旅路です。私たちにできることは、ただ生きていくこと。生き抜くことです。ころころ変わる不確かな「外側からの評価」など気にする必要はないのです。

勝ち負けに囚《とら》われるのは、
他者からの評価に
囚われているということ。

人生を長い旅路で考えれば、
「勝ち負け」は一瞬の出来事。

共感共苦

ただ寄り添い、ともに泣く

二〇一五年は、新しい時代が、不気味な軋み音とともに始まったような年だったと思います。特にＩＳ（イスラム国）によるジャーナリスト拉致《らち》事件や、パリ同時多発テロ事件、またテロに対する報復のための空爆作戦の報道などには胸が詰まりました。ご存じのとおりこの流れは突然始まったものではありません。

数年前、私は仏教が誕生したインドを出発点に、朝鮮半島、中国、ブータン、そして日本、さらにアメリカをめぐる旅をしました。最後に訪ねたアメリカで、同時多発テロの跡地「グラウンド・ゼロ」を訪ねました。

その折にアデール・ウェルティさんという女性に会うことができました。アデールさんは、ニューヨーク市消防局で消防士として働いていた息子・ティモシーさんを二〇〇一年の９・11同時多発テロによって失っています。ティモシーさんは大勢の人を救助するために燃えている高層ビルに駆け付け、そのまま消息を絶ちました。

アデールさんは、９・11以降ずっと苦しみ、考え続けたと言います。なぜアメリカは攻撃をされなければならなかったのか。これほど激しい憎悪《ぞうお》というものをどうして生み出してしまったのか。ティモシーさんは、人々を助けようとした。そんなティモシーさんがなぜ命を失わなければならなかったのか——。

テロ事件の翌月、ブッシュ大統領がアフガニスタンへの攻撃を表明、アメリカ軍は攻撃を開始しました。アデールさんはこのニュースを聞き、「私たちアメリカ人も同じことをしているのではないか」とショックを受けます。

世界貿易センタービルで殺された人々も、ハイジャックされた飛行機に乗っていた人々もみんな一般市民です。同じように、アフガニスタンでも多くの一般市民が命を落としている……。アフガニスタンで殺された犠牲者の名前と同時多発テロの犠牲者の名前が重なって見えてきたと言います。

さらに、アメリカ政府はイラクにも攻撃を始めることを発表。アデールさんは平和運動団体に参加、大統領に正式に支援を申し入れました。しかし支援どころか、なんと逮捕されてしまったと言うのです。このつらい体験で、彼女は「ただデモをするだけではだめだ。政府は何の関心も払わないとわかった」と言います。そしてアフガニスタンに飛び、自分と同じように傷ついた人たちと会いました。「私たちは母として祖母として、人間として触れ合いました。アフガニスタンに行ってわかったことは、私たちには共通項がたくさんあるということでした」

かけがえのない我が子を、夫を、家族を失った深い悲しみ。不条理なテロリズムによって殺されたという怒りや憎しみ。それは国や文化が違っても変わりがありません。人種が違おうが宗教が違おうが、人生の価値は全く同じです。

アデールさんは、ティモシーさんを失った悲しみや憎しみを、実際にアフガニスタンの犠牲者の家族と会うことによって、政治的立場ではなく人間的立場から乗り越えたと言いました。

私たちは、民族や国家が憎しみ合うことなく、平和に生きていきたいと願っています。世界中でもそう考える人が多いでしょうし、人類共通の夢だと思いますが、しかし現実にはそれが実現できません。憎しみの連鎖を断ち切れずにいる。キリスト教徒の家に生まれたアデールさんに、異なる宗教が共存できる可能性はあると思いますかと尋ねました。すると、

「聖書が暴力を勧めているとは思えませんし、すべての宗教は平和や兄弟愛について説《と》いているはずです。でも残念なことに、多くの人はそれを捻《ね》じ曲げています。宗教は今、人間を隔てるために使われているようですが、大事なのは相違点を見出《みいだ》すことではなく、共通点に注目することではないでしょうか」

私は彼女の言葉を聞いて「慈悲《じひ》」という言葉を思い出しました。

「慈悲」は仏教の言葉で、「慈」と「悲」という二つの言葉を合成したものです。「慈」はヒューマニズムや励ましといった意味です。とても前向きで、キリ

スト教で言う「愛」にも近い言葉かもしれません。一方、「悲」は、悲しみ苦しんでいる友人がいるけれども、その苦しみを自分にはどうにもできない、できることがない。そんな時に思わずうめき声を発する、そういった感情を言います。「あなたの苦しみが自分の苦しみのようによくわかる」。そして何も言わずに隣で一緒に泣く。そういった〝共感共苦《きょうかんきょうく》〟のこころを「悲」と言うのです。

彼女の言葉を聞き、そのことを強く連想させられました。実際に会い、直接のふれあいを積み重ねること。お互いの苦しみ、痛みを知り、分かち合う――共感共苦すること。こうしたことに、大きなヒントと希望を感じます。

アメリカはもちろん世界全体が問題を抱えています。これまでの積み重ね、憎しみの連鎖、歪《ゆが》みの増大が今進行していると言えるでしょう。

そうした時にこそ仏教的な思想――「慈悲」、そして「他力《たりき》」といった概念が大きく役立つのではないか、そう思えてならないのです。

共感共苦のこころ〝悲〟は、宗教も文化も超える。

苦しみや悲しみへの共感力が、「憎しみの連鎖」を抑止するかもしれません。

寛容性

一つの答えを唯一の答えだと言いきらない豊かさ

外国の人に、「日本人は曖昧《あいまい》である」と指摘されると、なるほど確かに日本人は曖昧ではっきりしないからだめだなあ——そんなふうに自分たちを卑下《ひげ》するようなところがあります。しかし私は、この曖昧さこそ、むしろ豊かさなのではないかと考えています。

「曖昧」とは、言い方を換えると、一つの答えを唯一の答えだと言いきらない、ということです。そうした曖昧なことばかりでは何事も進まなくなりますから、確かにほどほどに、とは思います。しかし一方で、こうした曖昧さというのは、実はとても深い部分——日本人独特の多神教的な精神世界から発せられているように感じます。このような感覚は、これからの世界にとって有用なのではないかと思うのです。

多神教というのは、様々な神がいて共存しているという世界観です。こうした感覚がバックボーンにありますと、自分自身が信じる神はただ一つだけれど、ほかの神がいてもいいし、自分が信仰するように、ほかの人がほかの神を信仰しても構わない、となります。これはまさに「トレランス（寛容性）」と言えるでしょう。このトレランスこそ、これからの世界に必要なものだと思うのです。

古い寺社の多い奈良県に行くとよくわかります。大神《おおみわ》神社のような神社も東大寺や法隆寺《ほうりゅうじ》のような大きな古いお寺もたくさんありますし、各宗派がそれぞれ林立しています。またそれに加えて天理教があり、山を越えればＰＬ教団がありと、新興宗教と呼ばれるような宗教もありますが、にもかかわらず、仲良く共存しています。それぞれが自分の信仰を持ちながらも、異なる信仰を持つ人々と隣り合わせに暮らす。そうした状態こそ、これからの世界の理想の形でしょう。

ブッダは仏教という宗教の開祖とされていますが、ブッダにその意識はなかったのではないか、と私は想像するのです。ブッダは、「殺すな」「盗むな」「嘘《うそ》をつくな」といった一般の人々にもわかりやすい言葉で語りかけた。それは宗教というより「人間がより良く生きる教え」と言ったほうが近いのではないか。

私は、仏教のそうした「宗教」らしくない点に注目します。信仰とはそれが何であれ、その人がとても大切にしているものです。まずそれを尊重する。そして同じ人間として抱えている苦悩から抜け出せるように、人間としてより良くあるために、異なる方法、道を示す。仏教的発想ならそうしたことが可能なのではないでしょうか。

私たち日本人は、多神教的でかつ仏教的な精神世界を持っています。おそらくこうした考え方を聞いて、違和感を覚える人は少ないでしょう。寛容性でもって相手を思いやりながらともに歩んでいく。そうした世界に私たちが持つ曖昧な精神世界は大きな役割を果たせるだろうと感じています。

寛容性《トレランス》が、世界を平和に豊かに保つカギ。

多様な考え方・人がともに暮らせることこそ、
真に豊かな世界と言えるでしょう。

存在の意味

無用な人、無用な出来事など一つもない

最近、この世には無用なものなど何もないのではないか、と思うようになりました。本書でも繰り返しお話ししていますが、生きているだけですでに意味がある、そう考えながら世界を眺《なが》めると、意味のないものなど一つもないと感じるのです。

以前、海外を中心に活躍する高名なグラフィックデザイナーに、なぜ日本であまり仕事をしないのかと尋ねたことがあります。すると彼女は、

「日本で仮に五人で仕事をするとなると、いろんな事情で、どうしても仕事のできないだめな人が二人くらい加わってくる。すると残りの三人が非常に優秀だったとしても、結局すべてがだめになってしまう。本当にいい仕事をするためにはジャンクが交《ま》じっていてはだめなのです」

私はこの答えを聞いて、直感的に思いました。その方法で彼女がやっていく限り、彼女は自分一人の才能・力を超えられないのではないか、と。

彼女の言う「ジャンク」という言葉を聞いて思い出したのが、遺伝子の話です。遺伝子というのは、四つの要素が固体それぞれの順列組み合わせで並んだ二重らせん構造になっています。その中には絶対に必要と思われる遺伝子のほかに、なんで存在しているのかわからない、不規則な遺伝子や重複した内容の遺伝子もたくさんみられるそうなんですが、当初、こうした意味不明な遺伝子を「ジャンク」と呼んでいたそうです。ジャンクとは「くず」という意味ですが、その後、こういうジャンクがあることによってコピーミスが生じ、その結果突然変異が起こったりすることがわかってきました。この突然変異の積み重ねが「進化」だというわけです。

ジャンクには、そうした意味がちゃんとあった。「無用の用」とよく言いますが、一見無用にみえるものが実は大きな意味を持つことがあるのです。合理的にすべてが明らかであり、また整然と整理されればいいというわけではない。

これも私の直感ですが、本当に大きな仕事というのは、一人の想像力を大きく超えたところにあるのです。彼女が言うだめな人間、ジャンクな人が入っていなければ本当に大きな仕事はできないのではないでしょうか。

このようなことは人間社会にも言えることでしょう。すべてが合理的で効率的な動きをする人ではなく、変なやつ、なぜいるのかよくわからないやつ、そうした連中も仲間に加わっているほうがより人間的な集団になります。そのように多様性をわが身に含んでいたほうが、その集団は強いものになるのではないか。

思いもよらぬ状況が発生した時、「変なやつ」が最も冷静にダイナミックに対処できるかもしれない。それどころか思わぬミスをしたことによって、思いもかけない成功につながることもあるのではないでしょうか。

無用な人などいない。また、無用な出来事など何一つないのです。人生の中にはそうしたよくわからない部分があったほうがいいのです。

無用と思うものが、思わぬ進化をもたらす。

よくわからないことがあったほうがいい。
可能性の種を残すことにもなります。

あとがき

これまで、生きる、ということに関して何冊もの本を書いてきました。インタビューで喋《しゃべ》ったことも、講演などで話したことも少くありません。

しかし、そのつど言葉が喉《のど》につかえ、文章がすすまなくなることがしばしばでした。

そもそも、他人に生き方を語ることのできるような人間が、世の中にいるのでしょうか。自分のことを振り返ってみると、思わず大きなため息がでてしまいます。後悔先に立たず、と言いますが、先にも後にも自分で自分の生き方に納得できることなど、ほとんどありません。対人間関係でもそうです。身近なところで言えば、自分の親や、家族や兄弟姉妹に対して後悔することばかりの日々でした。あの時こうすればよかった、ああもするべきだったと、胸が苦しくなるようなことばかりです。「日々好日」どころか、「日々後悔」の連続でした。恥ずかしいことは他人に見せるわけにはいかない、済んだことは忘れよう、そう心に決めても、夜中に目覚めて眠れぬ時間が過ぎていきます。

ですから私には、他人に励《はげ》ましの言葉をかけたり、何かを教えたりすることはできません。ただ、これまで長く生きてきたなかで、ふと感じたことや、役に立ったことを気軽に聞いてもらう、それしかないのです。

私の文章が、ほとんど断定で終わらないのは、そのためでしょうか。私はこう思うけど、あなたはまた別の考えがあるかもしれませんね、と、自信なげにつぶやくだけです。

人は力づよい言葉に励まされるものです。肩をどんと叩《たた》いて、確信にみちた考えを伝えられたとき、ふだん忘れている勇気や積極性が訪れてくる。それはたしかです。しかし、私にはそれはできません。

一冊の本が世に出るとき、そこには多くの人びとの思いがこめられています。書店の店頭で目立つ本にしたい、読みやすく、具体的な文章にまとめたい、そんな人びとの思いの中から、この本も誕生しました。たとえ私がためらっていたとしても、メッセージは強く、大胆に伝わってほしい。そのことを考えた上で、行間にこめられた本当の気持ちをくみとってもらうことができたら、と、ひそかに願っています。

人は生きているだけでも価値がある。無意味な人生などというものはない。そして死んでいくことにも価値がある。こんな自分であっても、と考えています。そのことに嘘《うそ》はありません。

生きる、ということは大変なことです。しかし、私たちは生きていかなければならない。そんな私的なため息の中から生まれた言葉が、読む人びとに少しでも慰《なぐさ》めと励ましをあたえることができたら、とひそかに祈るばかりです。

なお、この一冊が世に出るにあたっては、ＰＨＰ研究所ビジネス出版部のかたがたにさまざまにお世話になりました。まとまりのない私の発言を構成・編集する作業なくしては、この本は成立しなかったでしょう。あらためてお礼を申し上げます。

五木寛之

装丁――片岡忠彦
イラスト――山口みれい
本文デザイン――本澤博子
構成・編集協力――武藤郁子

〈著者紹介〉

五木寛之（いつき　ひろゆき）

1932年（昭和７年）福岡県生まれ。平壌で終戦を体験し、47年引揚げ。早稲田大学中退後、66年『さらばモスクワ愚連隊』で小説現代新人賞、67年『蒼ざめた馬を見よ』で直木賞、76年『青春の門』他で吉川英治文学賞、2002年菊池寛賞受賞。

主な著書に『朱鷺の墓』『戒厳令の夜』『生きるヒント』『蓮如』『他力』『大河の一滴』『養生の実技』『林住期』『遊行の門』『人間の覚悟』など多数。近刊に『自分という奇蹟』などがある。

2010年長編小説『親鸞』で毎日出版文化賞特別賞。その後、『親鸞【激動篇】』『親鸞【完結篇】』と書き継がれ14年に完結、著者のライフワークの一つとなった。

ただ生きていく、それだけで素晴らしい

2016年11月４日　第１版第１刷発行

著　　者　五木寛之
発 行 者　岡　修平
発 行 所　株式会社ＰＨＰ研究所
東京本部　〒135-8137　江東区豊洲5-6-52
ビジネス出版部　☎03-3520-9619（編集）
普及一部　☎03-3520-9630（販売）
京都本部　〒601-8411　京都市南区西九条北ノ内町11
PHP INTERFACE　http://www.php.co.jp/
組　　版　株式会社ＰＨＰエディターズ・グループ
印 刷 所　株式会社精興社
製 本 所　株式会社大進堂

ISBN978-4-569-83110-7